マドンナメイト文庫

黒髪の媚少女

吉野純雄

目次

contents

黒髪の媚少女

第一章　まぼろしのロリータ

もう長いこと、私はM市に住んでいる。入居したときには新築アパートだったが、さすがに四十年近く経過するとあちこちが傷んで、とっくに代替わりしたオーナーは立て直しを計画しているらしいが、私にはここを立ち退けない理由がある。アパートと同様に、もう初老に差しかかった私の体も、あちこちにきしみが出はじめているけれど、それよりも問題なのが覇気がなくなったことだろうか。

勤め上げた会社を定年退職し、それなりに年金もあるので食うには困らないが、最近は何にも興味がわかず、誰とも会わずに過ごすことが多くなり、それでまったく不自由を感じないほどに没世間の暮らしを送っている。

三階が二部屋続きになっているうちの西側を借りている私が気になるのは、空き部屋となってかなり経つ隣室にいつまでも入居者がいなければよいということだが、そんな期待を裏切るような物音がして、その夜に玄関のチャイムが鳴った。

ドアを開けると、中年女性が立っていて、タオルの包みを差し出しながら引っ越しの挨拶をした。私は適当に受け答えを返してドアを閉めようとしたが、その途端に動きが止まったのは、母親の背後から小さな顔が覗いていたからだった。

母親に促（うなが）されて、さも恥ずかしげに姿を見せたのは、小学校高学年らしい女の子だった。ぴょこんと頭を下げただけで、引っ越したばかりの隣室に駆け戻っていく少女の後ろ姿を見送る私は若返って、三十六年も前の同じ場所に立っていた。

引っ越しの挨拶に来た、少しばかり乱れた感じの母親が体をさばくと、背後の薄明かりの中から小さなものが浮かび上がった。

白っぽいサマーセーターを着ていた。

肩のあたりに編み込まれた銀ラメがキラリと光って動いた。

短いスカートから、まっすぐな脚がすらりと伸びている。

うつむいているので、ポニーテールの赤いリボンが見えた。

セーターの胸が、少しだけ膨らんでいる。

手を後ろに組んで、上半身が駄々をこねるように揺れていた。

少女は少しだけ顔を上げると、首をかしげてちょっとだけ舌を出して見せた。
切れ長の目に、大きな瞳。
すぐに伏せられたまぶたには、きれいにカールした長い睫毛。
鮮やかに赤いくちびるが、キッチンのほの明かりに濡れて光っている。
微妙な線を見せる、下くちびるにそそられる。
あるともない夕風に、後ろで束ねた黒髪の先が揺れる。
母親に肩を押された少女は、その場できびすを返した。
一瞬、横を向いた胸のふくらみは、小さいけれどとても形がよかった。
まろやかな双丘からは、甘い香りが漂ってくるかのようだった。
すっきりと伸びた脚が、ひかがみで折れると、少女の姿は闇に消えた。
それは私にとって、まさに運命的な邂逅(かいこう)だった。
知らず識(し)らずのうちに探し求めていたものが、その少女の中にあった。
健全な肢体に、妖艶なエロスを内蔵させた媚少女。
大人になると消えてしまう危うさをかろうじて保っている小悪魔。
生硬なボディに芽生えはじめている、おんなの兆候。
胸の優しいふくらみ、艶やかなくちびるの赤、そして揺れる肩。

回転したときに風をはらんで広がったスカートの下で交叉した太もも。

私の心は、すでに囚われてしまっていた。

それが梨花子との、初めての出会いの瞬間だったが、私の生活はその日を境にして一変した。偶然にも隣室に越してきた美少女との関係性だけが、私の唯一の関心事となっていった。

私が二十八で、梨花子がもうすぐ十二歳だった。それは何の変哲もない、偶然に隣り合わせの部屋に住むことになったふたりだったが、世間の常識と大きく隔たっているのは、私が少女愛好癖を持っているということだった。

それは周囲に悟られてはならない恥ずかしい性癖だから、それまでの私は懸命に一般市民を演じていたが、梨花子の出現によってあっけなく防波堤が崩れていた。私は少女の前では実にこらえ性のない、少女愛の囚われ人になっていたが、それでも最初のうちは優位に立とうとして必死に自分を隠していた。

この年頃相応の体つきをした梨花子は、きわめて普通の健康的な女の子だったが、少なくとも私の目にはコケティッシュで小悪魔的な魅力にあふれたエロスのかたまりとして写っていた。

そんな蠱惑的な少女なのに、私は梨花子の顔をはっきりと思い出すことができないのが不思議でたまらない。モデルのように完成された人造的な美しさでなく、どこか愛敬がかっていながらも男心を惑わせずにはおかない顔つきとしか認識できずに、それぞれを構成するパーツしか捉えられなかった。

肩のあたりで自然と外側にカールしている艶めいた黒い髪も、睫毛が長いので、光線の加減では頬のあたりに影が生まれる悩ましさも、スパゲティの油にぬめって光るくちびるのなまめかしさも鮮明に記憶しているのに、その表情は靄にかすんだかのようにはっきりとはしなかった。

けれどもそれは、梨花子を追憶するうえでの妨げにはならなかった。私はいつでも、愛おしい美少女といっしょだから、初めていっしょにお風呂に入った夜のことも鮮明に思い出すことができる。

梨花子は、私の目の前で恥じらいながら服を脱いでいった。

前ホックを外してジッパーを下ろすと、ショートパンツの前を開いた。

きついところにたくし込まれていたブラウスの裾が、しわくちゃになっている。

梨花子は少しだけ腰を揺らしながら、ショートパンツを脱いでいく。

最後のきついところを過ぎると、それは小さなかたまりとなって脚をすべり落ちた。
白いシャツブラウスのボタンが、上のほうから外されていく。
胸の前が、ゆっくりとはだけていく。
スリップを着けていない。
肌理（きめ）の細かな白い肌が、少しずつ見える範囲を広げていく。
ブラウスが肩からすべり落ちると、ショーツだけの聖純な裸体が立っていた。
首が頼りなく細い。
肩の線が、なだらかできれいだ。
胸の丘は、小さいけれどくっきりと膨らんでいる。
腫れぼったい程度の盛り上がりだが、紛れもない少女の乳房だ。
乳輪は控えめで、薄茶を混ぜたようなピンク色に染まっている。
低くて丸い乳丘の中心で、乳輪部分がさらにいちだんとせり上がって悩ましい。
乳輪の真ん中に切れ込みがあって、乳頭はその中に陥没しているらしい。
おへそが浅い。
そのくぼみ加減が、ウエストに余分な肉がついていないことを証明している。
肌の表面には、どこにも皺ばんだところが見られない。

全身が、ぴっちりと張りきっている。
体は曲線と丸みだけで作られていて、しっとりと潤った肌に包み込まれている。
そして全体としては、ほっそりと伸びやかな印象を漂わせている。
最後に残ったのは、白いショーツだった。
前がきわどく切れ上がったショーツは、サイド部分が幅広の紐程度しかなかった。
小学生が穿くには大人っぽいデザインと思われたが、私は下着に詳しくない。
梨花子の細い指がショーツにかかって、少しの時間だけためらう。
苦笑いにも似た表情を浮かべた途端、白いものがずり下げられていった。
ゴムの跡が、ウエストに痛々しく残っている。
ショーツに包まれていた下腹部は、脚に比べるとさらに白さを増していた。
ふっくらと肉付きのある下腹部は、なだらかなカーブを描いて脚の付け根に続く。
Y字を構成する真ん中の丘は、こんもりと優しい盛り上がりを見せている。
桃の実のように、中央部分がすっぱりと割れている。
両サイドの丘が、谷となって切れ込んでいる。
おへそをまっすぐに下がってきたポイントから、深く割れて黒い影を見せている。
小学六年生の女の子の秘所は、それがすべてだった。

そのシンプルさゆえに、かえって生々しいいやらしさを発散していた。
恥毛は、生えていなかった。
すべすべとした肌がいきなり割れていて、その単純さがかえってエロチックだった。
柔らかな肉谷が一瞬引きつれると、梨花子が後ろを向いて風呂に入ってしまった。
私も続けて風呂場に入ったが、そのバスタブはふたりで浸かるには小さかった。
梨花子が首まで湯に入ったままなので、私は中腰の体勢を取るしかなかった。
結果的に、少女の顔のすぐ前に私の下腹部があった。
梨花子が私のペニスを、真正面から見つめている。
大きくはない私の男性器が、少女の視線を浴びて熱を帯びていく。
おさない女の子のつぶらな瞳で凝視されて、たまらずに海綿体が膨張していく。
肉ホースが、重みを増していくのがわかったが、もう止まらなかった。
ムクムクと頭をもたげていった肉柱が、梨花子の顔を狙ってそり立っていた。
淫奔な血潮で充たされた欲棒が、少女のくちびるのすぐ前で脈打っている。
私は艶めいた赤いくちびるでのフェラチオを望んだが、自分からは動けなかった。
数秒続いた無言での膠着状態のあとで、梨花子がいきなり立ち上がって言った。
「交替、今度はお兄ちゃんがお湯に浸かっていいよ」

そして少女は、体も洗わずに風呂場から出ていってしまった。

これが梨花子との初めての入浴だったが、お互いにどこもタッチしなかったことが好感を持たれて、少女との仲は急速に親密さを増していった。

毎晩部屋に来るのだから、少女をいただく計画は計算どおりに進んでいった。もちろん自分を抑制するのには大きなエネルギーが必要だったが、何ごとも最終的にロリータボディを入手するためだと思えば我慢できた。

少女を誘惑するうえで、一番に注意しなければならないのは、ふたりの行為がばれると梨花子のほうが困るということを肝に銘じさせることだった。徐々にエスカレートしていったいたずらは、少女のほうが強く望んだことであって、私はいつでも受け身に回っていたからだと思い込ませておく必要もあった。

初めて梨花子とキスを交わした夜は、そのあとにより過激な絡み合いに続くのだが、やはりきっかけは少女の好奇心をくすぐるあたりから始まっていた。

「梨花ちゃんは、キスしたこと、ある？」

つやつやとした黒髪がなびいて、少女がかぶりを振った。

「お兄ちゃんとしても、いいよ」

待っている私に、きれいな顔立ちが近づいてくる。
少女は目を開けたままで、くちびるを押しつけてきた。
鼻と鼻が当たって邪魔だったが、私はなすがままにされていた。
梨花子のくちびるは柔らかく、それでいて固く締まっている。
それが、私の下くちびるを挟みつけている。
それ以上の動きはなかった。
少女のイメージでは、キスはそれ以上でもそれ以下でもないらしい。
私は梨花子の後頭部を両手で支えると、強く唇を押しつけていった。
圧力に耐えきれず、艶めいたくちびるが開く。
それでもまだ、歯が食いしばられている。
舌先でこすると、自然と顎が緩んでいった。
さらに舌を差し込んでいくと、少女は驚きながらもそれを受け入れていった。
唾液がとても甘い。
まさに少女の味がする。
舌同士がこすれ当たる。
軟体動物めいた愛らしい舌をすすり飲む。

柔らかな弾力が、苦しまぎれにうごめいて私の舌に絡みつく。
いつしか口が大きく開かれていて、舌の半分ほどが私を責めてきていた。
歯茎も舌の裏側も、くすぐったい口蓋まで舌先が達している。
おさない梨花子が、私をよろこばせようと工夫している。
それと同時に、少女自身も表情をうっとりとさせている。
目は閉じられて、鼻息も荒くなっている。
もうキスは終わっていて、白い喉首をまっすぐにして頭をのけぞらせている。
私は、少女の喉に頬ずりをする。
そしてワンピースの上を伝い落ちていく。
頬とくちびるとが、交互に薄布越しにしなやかなボディを感じていく。
その場にひざまずくと、梨花子の腰が顔の前にあった。
両腕をお尻に回して、顔を強く押しつけていく。
心地よい柔軟さを介して、腹式呼吸の波動が伝わってくる。
顔の位置を下げていくと、頬がとても柔らかなものに当たっている。
ワンピースの向こうで、少女の下腹部が息づいている。
ふっくらとした丘が、私を誘っている。

マシュマロみたいな柔らかさで、何かを望んで呼吸している。

梨花子、これから私のすることを、どうかヘンタイだと思わないでほしい。

私は上体をかがめて、少女のスカートの中に潜り込む。

青いワンピースを透過した電光が、少女の肌を薄青く染めている。

ルーズフィットの服は、空気を孕(はら)んで肌を離れている。

子供めいたデザインのスリップの胸が膨らんで、微妙な影を作っている。

白いショーツが、少女の最後の秘密を守っている。

スリップの下から回した手でヒップを支え、ふたたび足の付け根に頬ずりをする。

最前よりも確かな、弾力の中のくぼみが感じ取れる。

薄布の向こうに存在する少女のスリットが、確かに私の頬に当たっている。

私は顔を正面に向けると、ショーツの上から淫靡な縦ミゾにキスしていった。

「あー、お兄ちゃん」

期待と恥ずかしさをミックスさせた、梨花子の声が聞こえた。

少なくとも拒否はしていない少女のくぼみに、鼻先を潜り込ませる。

白い薄布が、鼻といっしょになって少女の体にめり込んでいく。

ほのかに饐(す)えたような匂いが香り立つ。

異臭に分類されるかもしれないが、私にとっては官能的な性フェロモンだ。私のためだけに分泌された、梨花子からの愛の呼びかけだ。その香り信号が、私を触発する。

顔を縦に動かすと、くぼみに沿って鼻頭がスライドしていく。柔らかな、それでいて均一でないパーツが連続している。舐めたい、梨花子のおさないプッシーを舐めたい。

私は顔を離して、足の付け根を凝視する。後頭部がスカートを押して、あまり距離がとれない。いきなり脱がすのは抵抗があるだろうと計算して、付け根の布地を少しずらす。

くっきりと秘割れた一本線が、青白い光にまばゆい。左手で布を横に片寄せながら、右手の指二本でふっくらとした丘をつぶす。自然に肉丘が割れて、中から絡み合ったヒダヒダが露出する。

最後の秘密を守って、可憐な肉ヒダが谷底を隠している。ふやけたように白いピンクが、健気にもバージンを見えなくしている。その半粘膜質のインナーラビアでさえ、ものすごくエロチックな見物だ。けれどもそれは、維持するのさえ大変な姿勢でおこなわれていた。

不安定な立ち姿の梨花子のワンピースの中に、片膝をついて体をぐらつかせた私が潜り込んでいる。

そしてショーツの股布を片寄せて、十二歳少女の秘所を覗いている。

両手で腰を支えて引き下ろすと、少女はおとなしく寝そべっていた。

畳の上に直接あおむけになっているが、もうよけいなことをしている時間はなかった。

スカートの薄暗がりの中で、白いショーツを脱がせていく。

片足は抜いたが、それは一方の足首のあたりでわだかまったままだ。

私はあらためて少女の鼠蹊部を観察していった。

太ももから先に比べると、ショーツに包まれていた部分は明らかに白い。

日焼けするチャンスがない下腹部は、少女本来の肌の色を保っている。

ただ見ているだけならシンプルなラインだが、その中身が複雑な構造をしていることは確認済みだった。

それでも私は、もう一度見ずにはいられなかった。

ふたたび白い肉丘に指を置くと、割れ目がぱっくりと口を開く。

白い肌が途中から半粘膜質になって、体内に浅く落ち込んでいる。

少女の浅い谷間の内には、未発達の女性器がそっくり収まっている。

単純なクレバスではなくて、汚れない花弁を蔵した二重の谷になっている。

秘密の花びらたちは、白い肉丘を指で拡げていないとすぐに隠れてしまう。

まるで鳥が翼を畳むように、谷間の奥に没してしまう。

そのあとには、白い肌がくっきりと割れ裂けた健康的なスリットがあるばかりだ。

おさない梨花子の未熟なプッシーは、造形の妙を極めている。

こんなにも健やかで明るいものと、このうえもなく淫らで淫靡なものとが、わずかに指を数センチ動かしただけであらわれ、そして消えるのは驚異だった。

そこは甘い法悦の果汁を滲ませる泉であり、官能に訴える禁じられた花園だった。

未生育なりに熟した、禁断の果実。

足の付け根に咲き乱れる、肉の花びらたち。

そして私を誘惑してやまない、魅惑の沼地。

桃の実に似たくぼみにくちびるを押し当て、舌をすべり込ませていく。

指だと抵抗があるけれど、舌先は無理なく谷の奥へと導かれていく。

さほど温度差がなく、湿り具合も似通っているので相性がいいのかもしれない。

舌だったら、乱暴にうごめかしても薄い粘膜を傷つける心配がない。

私は舌先が探り当てたインナーラビアを、真ん中から割り裂いていった。
顔を強く押しつけていくと、舌先が深い谷底に達していた。
絡み合った肉ヒダに隠されていたバージンホールが、舌先でひくついている。
妖しげにすぼまった可憐な秘孔が、舌で舐めこすられて恥ずかしがっている。
まだ異性にさらけ出したことのない最後の秘密が、私の舌先に当たっている。
それはスカートの中で展開する、荘厳な儀式だった。
甘ったるいだけだった恥蜜に、わずかな刺激が混じりはじめている。
少女の体の奥から湧き出してくるラブジュースの味の変化が、何かを示唆している。
私はくちびるを丸めて、少女からのプレゼントをすすり飲む。
ついでにクシャクシャとまとまっているラビアも、引き剝がすようにすすり飲む。
口中で戸惑っている花びらを、舌でなぎ倒していく。
長く伸ばされて薄くなった肉片が、さらに変形して舌の上で躍る。
私はそんな変態行為に夢中になり、梨花子もまた気持ちよさにあえいでいる。
少女の腰が、小刻みに動いている。
お尻が浮いて、鼠蹊部がせり上がってきている。
こんなにもおさないのに、そこを舐められるのが嬉しいのか。

まだ未成熟なのに、一人前に舌による刺激を望んでいるのか。

インナーラビアをすすり飲まれているのに、もっといやらしいことがしたいのか。

少女なりの未知への探究心が私にも伝染して、より過激な行為に走らせる。

今までもこれからも、絶対に舌でこすり立てられない部分を探る。

薄肉片を吐き出して少しだけ左にずれると、肌と半粘膜が作り出す谷があった。

外側のふっくらした丘と、内側の肉ビラとの狭間（はざま）に陰唇間ミゾがあった。

目で見ることはできないが、そこには毛細血管が走り、迷走神経が縦横に巡らされているはずだった。

ファックでは用をなさず、一般的なクンニリングスでも着目されない深いミゾだからこそ、今夜の儀式で丁寧に洗礼してあげる意義があった。

生半可な知識しかないままに、私の舌は深い肉谷にすべり込んでいく。

愛蜜とは違う体液に濡れた谷間では、舌先が異物の存在を感じ取っていた。

ふだんから手入れをする場所ではないそこにこびりついているのは、十二年の間に溜まりつづけた少女の恥垢（スメグマ）に違いなかった。

包茎の内側にも溜まることがあるが、少女のそれは清潔だった。

男のそれは不潔で臭かったが、梨花子の体が作り出したものは全部清らかだった。

舌先をくるりと回して少女の恥垢をすくい取り、喉に運ぶ。

おいしい。

おいしいはずもないのに、たまらなくおいしい。

左側をきれいにしてしまって右に移ると、そちらにはほとんど滞留物がなかった。

構造は同じなのに、片方にだけ溜まる理由がわからなかった。

だから私は、過敏な谷底を思いきり舌先でこすり上げていった。

「あー、どこを舐めてるのー」

おそらく少女自身も見たことがないだろうパーツを舐めしゃぶられて、梨花子は混乱しながらも興奮していった。

背中を浮かして、自分からワンピースを捲り上げていく。

短いスリップといっしょに胸まで服をせり上げると、可愛らしい乳房が露出していた。

私は上目づかいに小さな盛り上がりを見せるおっぱいを視姦し、首元で丸まったワンピースの向こうに梨花子のくちびると鼻孔を認めてそそられていた。

おち×ちんを、その口でしゃぶられたい。

ふたつの性器を、ふたりの口で同時に舐め回していっしょに高まりたい。

おさないロリータと、シックスナインのよろこびにひたりたい。

それは少女に要求できるような体位ではなかったが、それだからこそ大きな快美感を伴った行為であるに違いなかった。

私は恥垢をすっかり拭い取ってきれいになった陰唇間ミゾから離れて、少女のプッシーに息を吹きかけていた。

それは少女を焦らして次のステップへと促す作戦だったが、哀れな梨花子はまんまとはまっていた。

「あーん、お兄ちゃぁーん」

ことさら強く息を吹きかけておいて、未熟なプッシーにしゃべりかける。

「それじゃあ、僕のもいっしょに」

可憐なおっぱいの先で、少女の顎がうなづく。

私は大きく口を開けて花園に食らいつくと、激しく舌をうごめかした。

「あー、ああー、すごくいいですぅー」

少女の気が変わらないうちに、ズボンを脱ぐ。

角度が変わっていくプッシーを強烈に吸い立てながら、膝で回転していく。

やがて少女の顔をまたぐ位置まで移動したが、こわばりには何も接触してこない。

股間を離れて下方を見ると、梨花子が戸惑っている様子だった。

いくら感じていても、突然のフェラチオでは躊躇するのも当然だった。

そして頭をもたげて肉笛にむしゃぶりつくのも、体勢的に無理があると思えた。

太ももを抱（かか）えて体を反転させると、梨花子が上になっていた。

四つん這いでよけいにいやらしさを増した体勢の梨花子は、両手で上体を支えながら頭を落としてきて、こわばりの先っぽにくちびるを触れさせていた。

刺激としては軽すぎたが、そのよろこびは深くて大きかった。

おち×ちんにロリータがキスしている。

いつしか服を脱いでしまい、全裸になった小学六年の女の子が、私のペニスに口づけをしている。

しかも私の眼前には、舐められるのを待っているおさないプッシーがある。

それは私が夢みていた、ロリータ愛の成就（じょうじゅ）した瞬間だった。

もう、少女の秘部を舐めるどころではなかった。

長年あこがれつづけてきたおさない女の子によるフェラチオが実践されているのだから、それに集中したかった。

四つん這いの梨花子の腹が呼吸につれて上下に動き、下向きの乳房がいくらか盛り上がり具合を高くしているようだった。

愛らしいおっぱいの谷間の向こうに華奢な顎が見え、くちびるがこわばりの先っちょに触れている。

赤剝けた亀頭が少しだけくちびるに消えているばかりだが、そこに絶妙な快美感が走っているのは、ぬらついた舌先が鈴割れをこじ開けているからだった。

自分がされたように、梨花子が肉割れの中にまで舌をすべり込ませている。

プッシーとはまるで構造が違っているのに、そんなことにはおかまいなしだ。

ああ、そこは異物に責められるのは慣れていないんだ。

危険な感じがする。

おしっこと精液を噴出するだけの役目なのに、そこに逆方向から舌が入っている。

痛いような、くすぐったいような不思議な感覚。

ほんの先っぽだけへの刺激なのに、全身が歓喜に溺れていく。

鋭敏なセンサーと化した鈴割れが、裂傷を負いそうになりながら少女のイタズラを受け入れている。

いつの間にか肉筒にしなやかな指がまとわりついて、舌の圧力が増している。

梨花子、もうそんな奥までは入らないよ。

それ以上されたら、そこが切れてしまう。

思わず腰を引くと、鈴割れに浅くすべり込んでいた舌先が離れていった。

少しだけこわばりを握って考えていた少女は、すっぽりとペニスを咥えていた。

根こぶから半分くらいまでが指の輪でしごかれ、そこまでがくちびるに吸い込まれていた。

「ああ、なんて気持ちいいんだ」

私がよろこんでいるのを知って、梨花子がサービスを進化させる。

指の輪を引きずり下ろして、半分くらいまで戻す。

その動きと同調して、なまめかしいオーラルも上下する。

口中に含まれたペニスが、ぬらついたベロでもこすり立てられている。

息を強く吸い込んで、一瞬の真空状態が発生する。

そんな健気(けなげ)なフェラチオは、稚拙(ちせつ)ながらも猛烈に気持ちのいい性奉仕だった。

そこまで見届けた私は、頭をもたげて少女の秘所をあらためて観察する。

位置が変わったせいで、可憐なお尻の穴が丸見えだった。

白いヒップの谷底で、わずかに色素沈着を見せたすぼまりが息づいている。

薄茶色というには淡い色づきの尻穴が、外部からの侵入を拒むかのように閉じ合わさっている。

放射状の皺が、中心ではひとつの黒い点となって体内に潜っていく。

ウンチを出す排泄器官にすぎないのに、少女のアナルは美しかった。

清らかで可憐で、そして淫靡だった。

私は細く丸めた舌をお尻の谷間に突き刺したかったが、もう時間がなかった。

あまりにも心地よいオーラル奉仕に、こわばりが目覚めはじめていた。

やみくもに秘割れに顔を埋めると、鼻頭が深くめり込んでいった。

うごめかした舌は、小さくしこり立った肉粒を探り当てていた。

感じやすいクリットが舌に当たり、鼻頭がバージンに埋もれていた。

それは偶然とはいえ、理想的な配置だった。

愛くるしい肉芽を、強く吸引する。

激しく吸い込んでおいて、舌でこすり上げる。

鼻の全部を、深々と少女の体内に押し込む。

そして顔を上下に揺らし、左右に振る。

思いつく限りのテクニックで、少女が高まっていく。

体の震え加減で、梨花子のよろこび度がわかる。

私は少女と、ピークのタイミングを合わせたかった。
かなり切迫している射精欲求を解放する瞬間を、梨花子の絶頂と合致させたかった。
めちゃくちゃに顔を揺れ動かしてバージンを責め、舌でこねくり回す。
体の奥から滲み出てくる愛蜜を、一滴残さずに飲み干す。
「あふっ、むふぅぅー」
少女の熱いあえぎが、茎裏をなぶる。
火照った口蓋と、灼け立ったペニスが蕩け合っていく。
ふたつの性器を介して、ふたりのよろこびが激しく循環していく。
こんなにまでうれしい交わりは、初めてだった。
さして多くはない女性との性交渉でも、この半分の快感もなかった。
体位としては珍しくはないシックスナインだが、十二歳少女とのそれは格別だった。
背骨を恍惚の稲妻が貫き、頭のてっぺんから放射されていく。
全身の肌が粟立つようで、怖いほどの快美感に寒さすら覚える。
少女のプッシーを舐め、少女にペニスをしゃぶらせる。
そんなシンプルな絡み合いの中に、ものすごいエクスタシーが潜んでいる。
梨花子、もう、もう、出るよッ。

そんなサインを送る暇もなく、私は一気に高まっていった。しなやかな指がまとわりついている陰茎の裏側を、猛スピードで甘美なトロミが突っ走って、オーラルに咥えられている筒先まで伝染していく。

ズヌピュピューッ。

こらえる間もなく、汚れたスペルマが少女の口に注ぎ込まれる。

「アプウッ」

驚く少女の股間で、激しく顔を揺らす。

「フムゥーッ」

健気にも何度もひくつくペニスを口に含んだままで、少女も絶頂する。

シンクロしたよろこびのうねりが、ふたりの間を交流する。

射精をしたというだけではない快美感が、私を幸福感で充たし、初めて女のよろこびを知った梨花子をもハッピーにする。

甘酸っぱいアクメの波に翻弄されて体を硬直させていた梨花子が、横倒しに倒れる。

お互いの太ももを枕にした私たちは、いつまでも相手の股間に顔を埋めたままで息を荒らげていた。

勉強を見てあげるという名目で母親公認の逢瀬（おうせ）を重ねた私は、だんだんと少女を手なずけていった。お互いに知り合う部分が多くなるのと比例して、睦まじさも深くなっていった。性的なことは話題にはしなかったが、中途半端に男の体の仕組みを知ってしまった梨花子が、その方面で興味津々なのはお見通しだった。だますつもりはなかったけれど、結果的にはだますことになってしまったのかもしれない。わざとそっちに話題を振らない私に焦れた少女は、十二歳の誕生日に本当のセックスをしてもいいとの許可を出してくれたのだった。

私たちは、小さなレストランにいた。

ろうそくが十二本立ったバースデイケーキに、梨花子は初めてだと感激していた。

小さくともった十二の灯は、たったの一吹きで消されていた。

グラスに一杯だけ白ワインを飲んだ少女は、頬をほんのりと染めて色っぽかった。

ハンバーグの油にぬめって光るくちびるが、誘っているかのようでなまめかしい。

アパートに帰り着くと、少女が部屋に導き入れてくれた。

彼女の部屋を見るのは、これが初めてだった。

そこは全体にピンクの霞（かすみ）がかかったようで、エロスが充満している。

梨花子が首にしがみつくようにして、自分からくちびるを重ねてきた。

しなやかに細い胴体を抱きしめると、心の底から愛おしさがこみ上げてくる。

少女はたった数日の間に、キスがとても上手になっていた。

最初のうちは眠っている間にこっそりと、それがばれてからはお互いに求め合うようになったキッスが、かなりディープなものにまで進化していた。

おさない少女のなめらかな舌の感触が、私を陶然とさせる。

小さいけれども器用にうごめく舌が、私の口中をまさぐる。

首にしがみついたままの少女を、横抱きに持ち上げる。

角度が変わったベーゼは、ひときわおいしさを増す。

ふたつの舌が、さまざまに絡み合い、甘い唾液が交換される。

頼りないほどに軽い体が、もうすぐ全裸になると想像するとたまらない。

けれども気の変わりやすい年頃だから、拙速は禁物だった。

梨花子の体を下ろすと、服を脱がせてくれとばかりに体を揺らす。

背中のホックを外して、青いワンピースを肩から抜いて落とす。

途端にみずみずしい半裸体が、電灯の明かりに浮かぶ。

ふたつの乳房が、初々しく盛り上がっているのが悩ましい。

全体に優しく膨らんだ丘の中心に、もう一つのふくらみができている。
小さな乳輪に、細かいつぶつぶが散らばっている。
すべらかな肌の中にあって、異質なつぶつぶが妖しい。
いつも陥没しているのに、今夜は米粒ほどの乳頭がせり出している。
軽く唇に挟みつけると、少女の体がこわばる。
優しく含んだ乳首を舌先でこすり上げると、梨花子のボディも正直に反応する。
一度だけのブルッとした震えが、とても愛おしい。
梨花子の両腕が、私の頭を抱える。
私はひときわ強く、おさない乳房をしゃぶり立てる。
少女は次のステップをせかすように、体をひねって揺する。
私は顔をずり下ろしていくと、そのまま下腹部に顔面を押し当てていった。
ワンピースと同じすみれ色のショーツが、十二歳少女の最後の秘密を覆っている。
ふたつのお尻の大きさは、ちょうど手のひらに収まるくらいだった。
私は尻丘の弾力を楽しみながら、ショーツの上から下腹に鼻をこすりつけていった。
鼻の頭が、柔らかなくぼみに挟みつけられている。
少女のスリットが、薄布越しに鼻にまとわりついている。

輿に乗って顔面を上下すると、鼻先がくぼみに沿ってずれ動いていく。
しばらくすると、少女の割れ目の奥から妙なる香りが漂ってきた。
それは饐えた匂いというには甘すぎる、未熟なボディが滲ませるフェロモンだった。
その匂いが、私の下腹に直接うずうず感を届けてくる。
ズボンの中でとっくに硬直している欲棒が、ズキズキと疼いて次の行為を求める。
ショーツに指をかけて、最後の薄布を引きずり下ろすと、全裸の少女がいた。
部屋の明かりを受けて、生硬なボディが光っているようだった。
白い肌は確かに、ハレーションを起こして輝いていた。
まぶしすぎるほどに白い裸体は、清純そのものだった。
汚れを知らぬ純白のからだ。
セックスの意味さえよくわかっていない、十二歳少女の媚体。
自分の体の価値に気づいてもいない、無垢な梨花子。
そんな純粋な少女を犯すのは大きな罪だったが、結論はすでに出ていた。
私はわずかに残った良心を振り捨てて、全裸少女をベッドに誘っていった。
おとなしくあおむいた梨花子は、下から私を見上げていた。
その目の中には非難めいた色は浮かんでいずに、ただ信頼だけが宿っていた。

少女愛好者に犯される寸前になって、まだ相手を疑ってもいない女の子。
未熟な女性器を、無理やりに割り裂かれそうになっている梨花子。
そんな少女に対する憐憫(れんびん)の情よりも、どす黒い情欲のほうが大きかった。
私はベッドサイドに膝をつくと、静かに唇を重ねていった。
ひとしきりベーゼを交わすと、少女の手が私の頭を下方に誘っていった。
顔をずらしていくと、愛おしい乳房のふくらみがあった。
あおむいてひときわ扁平になったおっぱいの中心が、ぽつんとしこり立っている。
切れ込みの中から顔を覗かせた乳首が、恥ずかしげにピンクに発色している。
顔を近づけて乳房をなぶろうとした私の頭が、さらに下へと押し下げられる。
私はベッドの後ろに回ると、少女の両足の間に体を割り込ませていった。
梨花子はもう、頭をのけぞらせて目をきつく閉じている。
敏感な部分を舐めしゃぶられる期待に、体を硬直させている。
私はよけいなことを考えずに、白く柔らかな恥裂に顔を埋(うず)めていった。
「あ、ああ」
少女のしどけなく開いた口から、悩ましいあえぎ声が漏れる。
まだ顔面を押しつけているだけなのに、敏感な梨花子が反応している。

私はどこに当たっているのかもわからぬままに、舌を長く突き出していった。

「あふっ」

少女の体が震え、舌先に当たっているパーツも収縮する。

甘い蜜が、あふれている。

体内から滲み出てきたオイルでぬめっている。

私の舌と、粘膜質の花びらとが違和感なく融合している。

深々と舌がまさぐっているのは、梨花子の処女ホールだった。

鼻頭が肉粒にあたり、舌はバージンをえぐっている。

いきなり的確なパーツを捉えたのは、偶然ではなかった。

小作りな梨花子のプッシーに顔面を当てれば、それ以外に密着しようもなかった。

十二歳少女の秘所に顔を埋めて、私の興奮は高まっていった。

舌が突き刺さっている処女孔に、もうすぐペニスが押し込める。

温かくぬめったバージンと、私の欲棒とが一体化する。

そう考えると、舌が自然とうごめきを速めていった。

「あー、だめー」

体の奥深くをこねくり回されて、少女が拒絶する。

舌の動きを止めると、腰がくねって続きを要求する。
私の舌先で、未成熟な美少女が躍っている。
それは私の征服欲を満足させずにはおかなかったが、欲求も高まっていた。
ズボンの中で窮屈に硬直しているペニスが、柔らかな肉に包まれたがっている。
狭い場所からの開放と、バージンにまとわりつかれる快楽を望んでいる。
私は音を立てて肉ミゾの内部を舐めたまま、ズボンとパンツを脱いでいった。
一瞬、シックスナインの形が脳裏に浮かんだ。
おさない少女にフェラチオされながら、そのプッシーを舐めしゃぶる。
その痴態はエロチックだったが、少女の気が変わる恐れがあってできなかった。
今はとにかく、梨花子のバージンをもらうのが先決だった。
誰か知らない男に奪われる前に、自分のものにしなければならなかった。
私はシャツだけの半裸になって、少女のベッドに膝でにじり上がる。
両足の間に腰をこじ入れて、さらに脚を拡げさせる。
少女の肩の横に両肘を突いて、体を重ねていく。
梨花子は両手で顔を覆っていて、その表情が読み取れない。
けれども、いやがる素振りは見せていない。

少女のつぶらな瞳で見つめられていないので、いくらか気が楽に感じられる。
手を添えなくても、先端が花唇に突き当たっているのがわかる。
火照って、筒先に吸いついてくるような感触もある。
梨花子のバージンは、充分に潤っている。
腰を沈める。
こわばりの先端が、少女に突き刺さっていく。
小さな体が、少しだけ上にずって逃げる。
ごめん、少しだけ我慢してくれ。
少女の気を紛らすために、乳房を吸う。
生意気にしこり立った乳首を、舌先で転がす。
こわばっていた体が、おっぱいへの刺激でほぐれた。
先端だけ埋もれている欲棒を、一気に突き送っていく。
少女のバージンが開いて、カリ首までが没入した。
梨花子は、悲鳴をあげることも忘れている。
さっきとは違って、大きく目を開いて下から私を見上げている。
顔を覆っていた両手は、今は胸の前にある。

くちびるを合わせると、梨花子がくぐもったうめき声を漏らした。
おさない美少女が、懸命に試練に耐えている。
その健気さが、私の心をひるませる。
けれどももう、抜くも押すもできない切迫した状況になってしまっている。
張り出したカリ首までが埋まったところで、欲棒が閉じ込められてしまっている。
きつく絞り上げてくるバージンが、不随意にひくついているのがわかる。
感激だった。
十二歳の誕生日を迎えたばかりの、本物の少女とつながっている。
大切なバージンをプレゼントされている。
先端だけしか埋まっていないが、そこから少女の全部が感じ取れる。
少女という存在そのものを、犯しているとの実感がある。
そして現実に、狭いバージンに包み込まれている快美感がある。
腰を浮かせての中途半端な交接に、本当のよろこびが宿っている。
こわばりはスライドしていないのに、気分が急速に高まっていく。
あどけない梨花子とのセックスは、浅いも深いも関係なかった。
少女の整った顔立ちを眺め、その目の中に自分の顔が写っているのを認めた途端に、甘酸っぱい膠着状態は数十秒しか継続していないのに、射精欲求が高まる。
ペニスがこすられてはいないのに、気分が高揚するのを止められない。
年端もいかない少女とのセックスは、思っていた以上に気持ちよかった。
妄想と現実の快美感がミックスして、官能のトロミが膨張していく。
もっと少女を味わいたいのに、切迫する射精欲求が止められない。
私は梨花子ときつくつながったまま、意識を解放していった。
こわばりが少女のバージンで膨れ上がり、次の瞬間に収縮した。
ものすごい快美感が、肉筒の裏を噴き上がっていく。
少女愛のよろこびが、官能のほとばしりとなっておさない子宮に降りそそぐ。
梨花子の体内に、私の命が吹き込まれていく。
めくるめく快感の中に、喜悦と後悔の念とがない交ぜになって渦巻く。
官能の火矢が、何発となく少女に撃ち込まれ、欲棒がそのつどのたうつ。
「お兄ちゃんが、私の中でビクビク動いててすごい」
未成熟のプッシーで、梨花子がペニスの脈動を感じ取っている。
痛みと恐れと好奇心をない交ぜにして、少女がおんなに変身していく。

快感まではいかないにしても、セックスのうれしさを体感している。

突如として訪れたピークだったが、その快楽は尾を引いて長く続いた。

そして私たちふたりは、そのよろこびを共有できたことがうれしかった。

不思議なことに、私には射精後の賢者タイムがなかった。

男ならば誰しもが感じる、セックス後の倦怠感がまったく感じられなかった。

けれども現実に射精を果たしているのだから、肉柱はしぼんでいった。

硬度と体積とを減じながらも、カリ首で引っかかっているペニスは抜けなかった。

ふたつの性器はつながったままで、時間が経過していった。

ずいぶんと破瓜（はか）の痛みを薄らげている梨花子が、先に動いた。

セックスの体位も知らない少女は、体を入れ替えて私の腰にまたがっていた。

私も上体を起こしてあぐらをかき、少女のお尻を太ももで支えていった。

実にいやらしい体位の、中途半端なつながり具合だった。

私の首に腕を回している少女が腰を落としているのは、半分軟らかくなったペニスが未熟なプッシーを割り拡げていないからだった。

半硬の男性器は、傷ついた処女孔にとっては脅威ではなくなっていた。

芯だけ残して軟化してしまったペニスは、それでもカリ首で引っかかっていた。

「シャツ、脱がしてあげる」

今や主導権は、十二歳少女が握っていた。

シャツが肩からすべり落ちると、全裸の男女が絡み合っている姿があった。

あぐらをかいた男の上に女がまたがっているが、普通のセックスと違うのは、相手がおなさい少女だということだった。

小学六年生の女の子とはめ合うには、それは過激すぎる体位だった。

そしてその絡み合いは、少女が上半身をくねらせることでさらに悩ましくなっていた。

ふたつの乳首が、こすれ当たっていた。

押しつけられてきた柔らかなふくらみが、私の胸でつぶれてすべり動いていく。

頭をのけぞらせて、梨花子が感じている。

黒い艶髪が、何かを暗示するかのように揺れる。

上体の揺れに連動して、無意識のうちに腰もくねっていく。

半勃起状態の欲棒にも、少女のうごめきが伝わっていく。

私は計算しながら、重くもない体を支えているあぐらを開いていった。

梨花子の体が落ちてくる分だけ、交わっている部分が深くなっていく。

乳房への刺激で夢中になっている処女孔は、拒否反応を起こしてはいない。しなやかに細い腰を強く引き寄せると、肉ホースが根元まで埋まっていた。

それでも太さを減らしているペニスは、少女に痛みを感じさせはしなかった。

ずっぷりとバージンの中に埋まった欲棒が、温かな梨花子の粘膜を感じていた。

柔らかくひくつく粘膜質が、硬度を増していくペニスに絡みつくようだ。

「ああ、奥のほうまで来てます」

さすがに梨花子も、完全にはまり合った男性器を感じていた。

そして今度は意識的に、腰を前後に揺すりはじめていた。

なんと健気で、愛らしい少女だろうか。

まだセックスのよろこびさえ知らないのに、私を快感に誘うために動いてくれる。

いや、それさえ考えずに本能的に腰をうごめかしているのかもしれない。

どっちにしても、私の快美感は大きくて深かった。

私は未熟なプッシーを感じながら、小ぶりなおっぱいも味わいたくなった。

幸いなことに、梨花子はどんな体勢でも応じてくれる。

のけぞった少女の上体をさらに後ろへ倒すと、ふたつの乳房がせり上がってきた。

未発達の乳丘が、低いなりに悩ましいカーブを描いて盛り上がっている。

きれいなおっぱいは、まるで芸術品でもあるかのように美しさを誇っている。
私は少女の胸に顔を埋めて、頬ずりをする。
それだけのことで、私の胸に安心感が広がっていく。
頼りないほどに柔らかなおっぱいに、少女っぽい弾力がある。
生硬な梨花子のボディの中では、乳房とお尻が飛び抜けて柔らかく弾む。
心なしか充血しているような乳首を唇に挟み、舌先で転がす。
乳房愛撫に敏感になっている肢体が、ピクッと震えて反応する。
背中を支えている両手の肘でリードすると、ヒップが素直に回転する。
数回のリードで私の望みを知った梨花子が、自分から腰を回してくれる。
完全に硬直を取り戻したペニスが、おさないプッシーの深部を攪拌する。
ホットな媚粘膜の沼が、男性器でかき回されている。
敏感なセンサーと化した肉棒が、処女孔のすべてを知ろうとめまぐるしく動く。
私の両手に背中を預けた女の子が、献身的に腰をくねらせる。
柔軟な若い体は、腰だけしか揺れ動いていない。
まるで独立した生き物のようにくねる腰の真下に、ペニスが突き立っている。
おさなさを色濃く残した少女が、全裸で性奉仕してくれる。

それは私の少女愛が、ようやく成就したひとときだった。

ふたたびペニスの表皮が過敏さを取り戻していったが、いやらしく腰をくねらせているわりには、梨花子のほうが冷めているようだった。

もちろん過激なスタイルでセックスをしているのだから、それなりの感じ方はあるのだろうが、V感覚が発達していないのでアクメには達しないのかもしれない。

そうであれば、私が二度目の射精をするのに最善のスタイルをとるだけだった。

感じない少女を一方的に犯すかたちになるけれど、そこには奇妙なよろこびもあった。

後ろに倒れてあおむけになった私は、少女を上に乗せて両脚を伸ばさせた。

梨花子の全体重が私の体にかかっていたが、それは嬉しい重さだった。

両足が閉じられると、バージンを失ったばかりのプッシーがきつさを増していた。

動きも制限される体勢で、私は小腰を使っていた。

媚粘膜の肉つぼ内部をペニスが動いたが、そのずれ幅は大きくはなかった。

きつく甘やかな抵抗に逆らって、少しだけペニスが奥へ進み、次には反対に入り口のほうへと戻ってきていた。

そのわずかの押し引きの中に、めくるめくほどの快美感が宿っていた。

全裸少女を腹に乗せて、ペニスで貫いている。

頭が私の顎までしかなく、脚の先もスネまでしかない低身長少女を犯している。

性犯罪でしかないその交わりに、純粋な少女愛のよろこびがあった。

ふたつの手のひらで触り放題の美少女が、私のするがままになっている。

ロストバージンの血潮に染まった肉園が、私の硬直を受け入れてうごめいている。

おさない梨花子が、健気にも恥ずかしさに耐えて私に奉仕してくれている。

それらすべての複合したよろこびが、根こぶの一点に集中して作用した。

急速に高まっていく射精欲求が、もう我慢できなかった。

最初の精を放った直後から連続している行為で、下げ止まらなかったピークがふたたび高まっていく。

可憐な少女とセックスしている事実が、気分を高揚させてもいた。

深々と梨花子の中に埋もれたままで、筒先から二度目のトロミが噴出していく。

こわばりがビクビクとのたうち、硬い茎がヒクヒクと収縮する。

この世のものとも思えない快美感に包まれて、官能の火矢が放出されていった。

愛おしい梨花子が、快感に身もだえる私の体を抱きしめてくれる。

甘美なよろこびのウエーブも、やがては引き潮のように消えていったが、それでも少女は私にしがみついたままだった。

お互いの呼吸が、おなかを介して伝わってきていた。

自分だけ快感に酔ってしまった私は、少女にお返しをする必要を感じていた。

ヴァギナ感覚が発達していないのならば、クリトリス刺激しかなかった。

賢者タイムに近い倦怠感はあったが、最高のよろこびを与えてくれた梨花子に対してのお返しの義務感のほうが強かった。

そして同時に、ロストバージンしたばかりの処女孔も見てみたかった。

我ながら変態っぽいとは思うが、こんなチャンスが何度もあるとは思えなかった。

私は少女と上下を交換して、梨花子に覆い被さるかたちになっていた。

ふたたびの甘やかなキス。

とっくに萎えたペニスは、まだ少女の中に入ったままでいる。

十二歳の少女を犯すよろこび。

禁断の初々しい肢体。

おさない女の子との、犯罪的性行為。

二度の射精ですまさずに、まだ続くロリータとの交わり。

腰を引き上げると、クタッとした肉ホースが音を立てて抜けた。

「あ」

短く吐かれたあえぎ声が、セックスの終わりを告げていた。

けれどもそれは同時に、少女が歓喜に襲われる序章でもあった。

体を引いて少女の鼠蹊部を見下ろすと、そこは無残な色を見せていた。

いつもはぴったりと閉じ合わさっている肉丘が、中を見せてオープンしている。

散々にペニスで蹂躪されたプッシーが、大人のそれのように開いてしまっている。

それはまたそれで、エロチックな情景だった。

薄皮が寄り集まって作っている内側の割れ目から、あふれ出ているものがあった。

赤と白とがまだらになって垂れ落ちているのは、鮮血の混じったスペルマだった。

悦楽の残滓が処女喪失の証拠といっしょにあふれているのは、美しくはなかったが、汚らしいという感じでもなかった。

清らかな梨花子のプッシーは、汚濁にまみれても清潔さを失ってはいなかった。

鮮血を混ぜたピンク色の濁液に染まっても、純潔さを保ったままだった。

私は自分の恥ずかしさといっしょに、少女の股間の汚れをシャツで拭き取った。

初々しさを取り戻した肉谷は、おいしそうだった。

私はベッドから降りると、少女のプッシーにむしゃぶりついていった。

「あ、お兄ちゃん、そこは洗わないと汚ないよ」

こんなときでも私のことを考えてくれる少女が、とても愛おしい。

梨花子のためなら、何でもしてあげる。

すっぱりと秘割れた肉谷が、顔面を浅く受け入れている。

スペルマにまみれた花園を舐めるなんて、少女の献身から比べたら訳もないことだ。

その状態は心地よいけれど、今は重点的にクリトリス刺激をしなければならない。

顔を上にずらしていくと、すぐにポッリとしこった肉粒があった。

肉割れの始まるあたりで恥ずかしげにしているクリットが、ものすごく敏感なことはわかっている。

私はよけいなことはいっさいせずに、未熟な陰核を吸い立てることに集中していった。

「あ、くすぐったい」

肉丘の上半分を口中に収めて、幅広にしたベロの真ん中で肉粒を感じ取る。

舌を横にずれ動かすと、少女の腰が反対側に揺れる。

舌で縦にこすり上げると、少女がのけぞる。

そして全体をすすり上げると、梨花子の腰も浮いてくる。

「ああ、気持ちいいですぅ」

まだ、その声には余裕がある。

私は初々しい皮膚からエキスを吸い出すかのように、吸引力を強める。

口中にすべり込んできたクリットを、舌で転がしてなぎ倒す。

可憐な肉粒を、押しつぶしては吸い立てる。

小さなつぼみは、アタックによってさまざまに形を変える。

重点的に過敏な陰核を責められると、梨花子の反応も変化を見せる。

「あ、あ、もうやめて」

舌のわずかなうごめきが、体の大きな動きへと忠実に変換される。

唇を尖らせて真空状態を作ると、吸い込まれたクリットがわずかに膨張する。

そのまま舌先でこすり立てると、少女の全身が硬直していった。

「あ、あ、あ」

もう梨花子は、意味のある言葉を発することもできずにいた。

熱い吐息混じりに吐かれるのは、熱いあえぎ声だった。

おさない少女が性のよろこびに体をこわばらせ、悩ましいあえぎ声を洩らして小刻みに震えているのは、クンニをしている私にとってもうれしいことだった。

美少女の、一番大切な秘密をすすっている。
私の唇と舌の連動で、おさない女の子がアクメを感じている。
初めてさらけ出したプッシーを舐められて、梨花子がよろこびの声をあげている。
それはある意味、ファックよりもうれしい行為だった。
愛おしい少女をエクスタシーにまで導いてあげるのが、私の役目だった。
私は幅広にした舌の中心で肉芽を捉えると、顔を小さく横に振っていった。
舌の味蕾の上を、生意気にしこり立った陰核が横すべりしていく。
フェロモンにまみれた快楽の肉粒が、ポッリと頭をもたげてその場所を示している。
顔を振りながら舌をもうごめかすと、よりいっそう複雑な刺激が発生していた。
そこからは、いやらしい水音も巻き起こっていた。
すべっていく反対側に肉粒がなぎ倒され、そしてまた逆のほうへと押し倒される。
それらの運動のすべてが、おさない美少女の官能に働きかけていった。
「あー、お、おにいちゃぁーん」
しなやかな体がのけぞって、背中が湾曲する。
浮いたお尻を支えて、ひときわ激しくクリットをすする。
「……ッ」

しなやかなボディを反り返らせて、少女が絶頂していった。
生まれて初めての性的エクスタシーに襲われて、梨花子の体が痙攣する。
心配になるほど、スレンダーな体が震えつづけて、そして収まっていった。
落ちてきたヒップに両手を押しつぶされた私は、それでもプッシーを離れなかった。
清潔で香しい秘割れは、いつまでも舐めしゃぶっていたい聖地だった。
無垢な少女そのものであり、愛おしい梨花子の本質部分でもあった。
それでも反応のないクンニリングスは、どこか空しかった。
私はようやく鼠蹊部から離れると、少女と添い寝するかたちをとった。
陶然とした表情から、うっとりとした視線が注がれていた。
きれいな瞳の中に、明らかに感謝の思いが込められていた。
ふたりの間には、もう会話なぞ必要ではなかった。
お互いの考えが、お互いの心にダイレクトに響いてくるみたいだった。
小さな音を立てたキスのあとで、梨花子が体を反転させていった。
それぞれの下腹部が、それぞれの顔の前にあった。
投げ出された片足の太ももに、ふたりの頭が乗っていた。
逆向きに寝た私と梨花子は、ふたたび相手をよろこばせ合おうとしていた。

私が懐かしいプッシーに顔を埋めると、梨花子も半勃ちの肉ホースを含んだ。優しくも官能的なシックスナインが、始まろうとしていた。私はおいしいロリータの花園を味わいながら、少女のオーラルで何度目かの勃起を迎えようとしていった。

次の日、仕事から帰ってくると、隣室のドアが半開きのままだった。不安な気持ちで室内を覗くと、取り散らかした部屋から家財がなくなっていて、残っているのは思い出のベッドだけだった。

あわてて自室に戻ると、新聞受けに殴り書きのメモがあった。

お兄ちゃん、ありがとう
ずっと、忘れません
またいつか、会えるかな
りかこ

おそらく母親のほうが何かの問題を起こして、急に行方をくらます必要でも生じたのだろうが、私には大きなショックだった。天国から地獄に突き落とされたような私は、休日のすべてを梨花子探しに費やしたが、その行方は知れなかった。

そして私は、「またいつか、会えるかな」の手紙の文言（もんごん）だけを頼りに、今のアパートに住みつづけたのだった。

もうほとんど、梨花子との再会はありそうになかった。それにあれほどまでに小悪魔的な魅力に溢れていた少女も、当然ながら中年女性になっているはずで、当時の黒髪媚少女は面影の中だけで育（はぐく）んでいるほうが無難だった。

そんなおりに、また隣室に小学生の女の子が越してきた。どんな展開が待っているのか見当もつかないが、いくらかの期待を抱いてもいいだろうとは思えた。

私は久しぶりに生きる目標を与えられて、ベランダから夜の月を眺めていた。

第二章　異国のブルネット少女

　小学六年の女の子が隣に越してきてから、もう半月が経っていた。これといった機会もないうちに、空しく時だけが過ぎていった。

　女の子が学校に行く時間を見計らって、外で新聞を読んで挨拶をする程度の接触しか持てない私は、内心でずいぶんと焦っていたが、急速に仲よくなるための妙案などあるはずもなかった。

　それでも私は、女の子の情報をそれなりに仕込んでいった。きらりという名前は漢字で「光」と書くと知ったのはつい最近で、これこそキラキラネームの最たるものだと感心したが、肝心なのはボディの発育状態だった。

　もうとっくに愛だ恋だという年齢は過ぎているので、私の関心はもっぱらきらりの体についてだった。朝の挨拶で盗み見した限りにおいては、少女はロリータ真っ盛りだった。

　外階段を降りていく少女を上から見下ろすと、その胸にふたつの優しいふくらみがあるのが認められた。肩甲骨あたりまである黒髪は、あるときにはツインテールにされて、白いうなじをさらしていることもあった。

　現代っ子の特徴なのかどうか、その両足はすらりと伸びてきれいだった。短いスカートに隠されている太ももは、おいしそうに肉がついていながらもスリムだったし、細っこい脚がくるぶしではさらにキュッとしまっていた。

　少女の脚で最高に魅力的なのは、ひかがみだった。膝の後ろ側にあって、脚を曲げるたびに折れ曲がる部分だが、私はなぜか少女のひかがみに惹かれた。

　数本の浅い横じわが刻まれていて、内側にわずかにふくらみを見せる、たったそれだけの誰でもが普通に所有しているその部分に私が心とらわれるのは、梨花子の影響だった。

　梨花子はその全身が少女美に輝いていたが、特に彼女のひかがみは悩ましかった。健康的でいながらも、不健全なエロスを発散しているかのようなそのパーツを、私は夢中になって舐めしゃぶっては少女に嫌がられたものだ。

　そんな古いことを思い出してしまったのも、久しぶりに蠱惑的なきらりのひかがみていた。

を見たせいだった。私は彼女の脚に顔を埋める日を待ち望みながら、無為の日を送っていた。

ある土曜の昼過ぎに、チャイムが鳴った。玄関を開けると、そこには息を弾ませたきらりと友だちが立っていて、私が声をかける前に訴えた。

「おじさん、外人の女の子が、変な人にからまれてるの。助けてあげて」

なぜ私のところに来たのかわからないが、絶好のチャンス到来だった。私はそこにあった下駄を突っかけると、ふたりといっしょに小さな公園に走った。

住宅に挟まれるようにひっそりとたたずむ小公園は、ふだんは子供たちしかいないのに、そこには場違いな感じのふたりの男がいた。いかにもオタクっぽい男たちは、若いくせにだらしなく腹を膨らませた不健康そうな野郎だった。

そんなふたりに絡まれているのが、ブルネット髪の少女だった。体格はいいが、きらりたちと同学年かと思われる異国の少女は、男たちの至近距離からの舐め回すような視線を浴びて戸惑っていた。手を後ろに組んでいるものの、少女と三十センチまで顔を寄せて、一人は胸を、もう一人はしゃがんでワンピースの裾を覗こうとしている情景は、まったく異常としか見えなかった。

一瞥して事情を察した私は、三人に近づくと、少女をかばうかたちでその間に分け入った。唐突に現れた邪魔者に最初はひるんだ男たちだったが、私がかなりの年配で弱そうだと見てとると、急に居丈高な態度に変わった。

「おっさん、何だよ」

「なんで邪魔すんだ、引っ込んでろよ」

その無防備な立ち姿を見ると、ふたりともケンカ慣れはしていないようだった。私は彼らを挑発するように、わざと冷静に言った。

「この子が困ってるじゃないか、いやらしいことはやめなさい」

案の定、彼らは自分の行為を擁護してきた。

「何にもしてねえよ、ただ、見てるだけじゃん」

「そうだよ、手は出してねえから、罪にはならないんだ」

私はカチンときたが、まだ整った顔立ちの外人少女の様子を観察するだけの気持ちのゆとりがあった。不思議な髪色の少女は、長い睫毛をしばたたかせて私を見ていた。ブルーの瞳が、透き通るようでセクシーだった。

「手を出さなくても、迷惑条例に引っかかるぞ」

「見るだけなら、罪にはならないっていう判例があるのを知らないのか、じじい」

私は顔色も変えずに、相対している男の向こう脛（すね）を下駄で蹴った。仲間が悲鳴をあげてうずくまったのを見たもう一人は、顔色を変えて棒立ちになっていた。もう話して聞かせればわかる場面だったが、私はそいつの向こう脛も思いきり蹴った。そして私は同じように身をすくませているブルネット少女の手を引くと、とりあえずふたりの逆襲を警戒してアパートに連れていった。きらりともう一人の友だちも、私たちのあとをついてきていた。

部屋に入った途端に、少女がびっくりしたように目を見ひらいたのは、その狭さに驚いたからに違いなかった。小さなテーブルを置いただけでいっぱいになっているキッチンの他に、四畳半と六畳の二間しかないのだから、外国人にはウサギ小屋に見えても当たり前だった。私を含めて四人が部屋に入ると、狭いなりに賑わいがあった。

「ところで、どうしたわけなの？」

きらりに尋ねると、友だちのほうが説明してきた。

「私たちが遊びに行ったら、もうこの子がつきまとわれてて」

「それで他に誰も思い当たらないから、おじさんに助けてもらったの」

「でも、おじさんが意外に強くてよかったわ」

「そうね、意外だったわよね」

二人は仲よさそうだったが、私の興味はもっぱらブルネット髪の少女のほうにあった。きらりも魅力的だったが、今はめったにない異国のロリータとどうにかなるかのほうが切実な問題だった。

「バイザウエィ、キャンニュースピーク、ジャパニーズ?」

その程度はわかるから英語で語りかけると、少女はたどたどしい日本語で答えた。

「少し、わかります」

そして私の耳に顔を寄せると、小声で言った。

「二人だけに、なれますか?」

どこまでの意味がその言葉に含まれているのかわからなかったが、とりあえずは二人の日本少女を追い返すのが得策だと思えた。

「ちょっと日本語教えるから、二人はまたあとでね」

きらりと友だちを送り出した私は、玄関ドアに下駄を挟んでわざと半開きにしておいた。特に計算が働いたわけでもないけれど、友だちの性に興味がありそうな様子からは、何かが期待できる雰囲気があった。

「ママが公園に五時に迎えに来る、でもあそこは怖いですね、だからここにいる」

私はもう、よけいなことをいう必要がなかった。

「シャワー、使いたいでしょ」

「はい」

ドアが半開きになった玄関の横にトイレがあり、その前が脱衣スペースになってい

た。浴室が狭いので、そこで服を脱ぐしかないという事情が、少女にもわかっていた。

ためらいもせずにワンピースを脱ぎ下ろす少女を尻目に、私はシャワーの調整をしていた。わざと時間をかけて湯温を調節していると、やがてブルネット少女が全裸になっていた。

まだ国籍を聞いてはいなかったが、そこに立っているのは、まぎれもない外人特有のメリハリのきいたボディを持ったロリータだった。大人並みのおっぱいは、動きにつれて揺れ、腰が張り出しているからウエストの細さが強調されていた。体は発育しているが、その顔は充分に少女っぽさを残していて、そのギャップが悩ましい。

私が体をさばくと、少女がその前をすり抜けるようにしてシャワーを浴びていた。髪を濡らさないように体だけに湯を浴びる少女は、ドアを閉めようともしなかった。私はキッチンの椅子に腰掛けると、半ば公認で少女のシャワーシーンをのぞき見ていった。

それはまるで、かつてよく鑑賞したアメリカンポルノそのままだった。グラマスな肢体を誇示するかのように、スクリーンの向こうの観客を挑発するかのように、豊

かな乳房を持ち上げては揺らして見せ、股間の縦割れをも恥ずかしげもなくさらけ出してシャワーを浴びる、そんなポルノ映画を思い出させずにはおかない少女の痴態だった。

もちろん少女には挑発する意図などはないにしても、結果的には同じことだった。全裸の外人女性がシャワーを浴びているところが丸見えであれば、まともな男がそそられずにいられるはずもなかった。

ましてや現実に豊かなボディを露出しているのが、私好みのロリータとくれば、いくら初老に差しかかってるとはいえ、股間を疼かせずにはいられなかった。

日本少女と比べるまでもなく、そのおっぱいは目を見張るほどに大きかった。ふくよかに盛り上がった乳房の中心に、かなりはっきりと乳輪が色づいていて、その真ん中にはさらに乳首がせり出していた。まるで成人女性のようなおっぱいだったが、それよりも私の興味を引いたのは股間の縦ミゾだった。

おへそのかなり下に縦長のヘアが認められ、淡い茶色の恥毛に続いて肉割れが始まっていたが、そのラインは単純な一本線ではなかった。白い肌が盛り上がりながらひっそりと割れ裂けているのだが、そこから何かがはみ出しているみたいだった。

控えめに刻まれた肉谷の中に、もうひとつのラビアがはみ出しながら収まっているような情景は、私が初めて目にするものだった。ふんわりと盛り上がった白い丘が真ん中でひっそりと閉じ合わさっている。それが少女のプッシーだと思い込んでいた私は、小陰唇をわずかにせり出させたブルネットロリータの股間を眺めてショックを受けたが、もちろんそれで興味を失ったというわけではなかった。複数の線を見せている縦ミゾは、少女の動きに連動して悩ましく引きつれることもあった。

わざとしていることではないにしても、偶然にも左右がずれたりして見えるおさない縦割れは、私を挑発してやまなかった。

それらの情景は悩殺的だったが、あまりにもしつこい視線は少女を不快がらせるかもしれないと考えた私は、六畳間に戻ると布団を敷いて少女を待った。

バスタオルを胸に巻いた少女は、下腹部を丸見えにしたまま六畳間に姿を見せると、今度は敷いてある布団に驚いていた。私はそんなことにかまわずに少女を招き寄せると、ひとつだけ質問した。

「名前は？」

「アンヌ、です」

その名前からはフランス系かとも推察されたが、どうでもよかった。ブルネットの髪を持った外人ロリータが、私とセックスするためにそこに横たわっている。その事実だけで、もう充分だった。

唇を重ねようとすると、アンヌは顔をそむけた。この年頃の少女特有の潔癖症から、くちびる粘膜は触れさせたくないのだろうと判断した私は、豊かな胸に顔を埋めていった。

弾力のある柔らかさに富んだふたつのおっぱいに挟まれると、なんともいえない安らいだ気持ちになれるのも不思議だった。温かな乳房を両側から寄せてくると、ほっぺたにしっとりと皮膚が貼りついてくる感覚があった。

深い谷間に顔を埋めて、窒息しそうな錯覚に身を委ねていると、母親に抱かれるような懐かしさすら覚えた。

日本の学制でいうところの小学六年の女の子が、私の母親ではまったく勘定が合わないけれど、そんな年齢差を超越した安らぎがあり、それは少女もまた母性として感じているみたいだった。そんな心配事もない安息の世界に陥りそうになる自分を、私は無理にも奮い立たせた。

こんなめったにない機会を、母親ごっこで終わらせるのはもったいなかった。全裸少女は足を拡げてペニス挿入を待っているのだから、ごちそうさまとばかりにいただけばよいシーンだった。

私はふたつの乳首を交互に舐めしゃぶっておいて、指先がもぐり込むほど柔らかいおっぱいをふたつとも握ったままで、体の真ん中を舐めおりていった。

スレンダーなりに肉づきのいいことを証明して、そのおへそは深かった。

その中に舌を突っ込むと、白いおなかがキュッとへこんでいた。

さらに頭を下げていくと、淡いアンダーヘアが縦長にもやっていて、恥毛が途切れるあたりにポイントがあった。

普通の皮膚が粘膜質にと変わっていくのが、悩ましくへこんで息づいているその部分からだった。

縦ミゾが始まる最初のくぼみに、なにやらぽつりとしこり立った感触があった。

くちびるを丸くすぼめてそのポイントを吸い立てると、体に埋もれていた肉粒がせり出してきていた。

「ツスゥーッ」

感じるクリットをなぶられた途端に、少女が奇妙な音を立てていた。

それは普通のあえぎとは反対に、息を吸い込みながら発するよろこびの発露だった。

セックスを知り尽くしているとも思えないおさな顔の少女が、よろこびの表現だけは妙におとなっぽいのが気になったが、そんなことに拘泥している場合でもなかった。

少女の秘壺を指でまさぐってみたい気もしたが、私はくちびると舌だけで探索するほうを選んだ。

そのほうが神秘性が増すし、よりエロチックなはずだった。

クリトリス刺激に対して敏感なのはわかったが、もうすでに興味はヴァギナのほうにと移ってしまっていたから、私のくちびるはスリットに沿って下がっていった。

「ん、これは」

ミゾの中に舌が入るのを邪魔しているのは、インナーラビアの外側だった。

割と大きく広がりそうな小陰唇が割れ目の中に折りたたまれて収納されているので、縦ミゾが複数にも見え、粘膜質のプッシーが隠されてもいるのだった。

それでもアンヌのプッシーは、子供らしさを残して小作りだったから、すぐに秘芯をさらけ出していた。

すでに恥液を分泌している秘密のすぼまりは、舌の洗礼を受けて何度かひくついていた。

おとなの女性のプッシーなどは舐めたくもなかったが、やはり初々しい小学生の秘所は格別だった。

シャワーで洗い流したばかりなので、心配していたような強い匂いも漂わせてはいなかった。

私は未成熟なプッシーに顔面を強く押しつけると、火照ってぬめる妖艶なすぼまりに思いきり深く舌を突き刺していった。

「ヌアハアアー」

媚粘膜に舌を包まれたままで、顔を激しく横に振っていくと、少女の体内が同質の異物で攪拌(かくはん)されていた。

しこった部分と頼りなくフニャついた部分とが混在しているロリータプッシーは、舌とこすれ当たってひくついていた。

舌先を巻き返すと、少女が体をのけぞらせて反応していった。

浮いたおしりを両手で支えて、さらに持ち上げていくと、そのヒップがどこまでもせり上がっていった。

後頭部と肩だけで体を保持するかたちになると、そのスタイルはとても煽情的なものになっていた。

おさなくもボディを発育させた外人ロリータが、体のほとんどを天井に向けて直立させ、そのプッシーに初老の男が吸いついている。

背中側で膝立ちになった男が、頭を直角に曲げて初々しいおま×こにむしゃぶりついている。

まるでプロレス技みたいな絡み合いのなかに、猛烈なエロスが渦巻いている。

「チュバッ、ムクチュウー、チャプチャプッ、プツツゥー」

半熟のプッシーからは、いやらしい水音が絶え間なく湧き起こっている。

恥液を余すことなくすすり飲むような勢いで吸い立てられて、秘粘膜の谷間がたまらずに悲鳴をあげている。

そのいやらしい音に、ふたりの官能があおり立てられていく。

いつしかインナーラビアが全開になっていて、媚粘膜の花園がすべてをさらけ出していた。

鮮やかな血の色の毛細血管を張り巡らせた粘膜質の谷間は、初々しい未熟さをも見せて生々しかった。

顔を離すと、湯気を立ててでもいるかのようにホットな肉園がよく見えた。

おさないうちにもおとなっぽいエロスを漂わすプッシーが、何かを誘うようにひくついている。

苦しげな体勢で足の付け根を上に向けている少女のウエストを抱えた私は、真珠母貝みたいな色に染まった秘粘膜の中心のすぼまりに指を押し込んでいった。

少女を相手にしたいやらしい性行為なのに、私には気持ちの余裕があった。日本人少女ならば引け目を感じるところなのに、なぜか外人ロリータが対象ならば何をしても許されるみたいな気分があった。

人差し指に中指を絡ませてひねり込んでいくと、少女が身をよじって体をくねらせたので、その拍子に体勢が崩れた。

少女を布団にあおむかせると、私は改めて添い寝するかたちになっていた。

二本指はプッシーに突き刺さったままだったが、親指がすばやくクリットをつぶしていた。

そのスタイルは、少女だけをエキサイトさせる一方的なものだった。

手首を回転させると、過敏な肉粒とすぼまったヴァギナの両方が刺激されていった。親指の腹で生意気に抵抗しているクリットは、無理やりにも押しつぶされて服従し、みずみずしい蜜壺は指でこねくり回されて収縮していた。

何も言われなくても、少女の体が受け入れのサインを出していた。

充分に潤ったプッシーは、熱いほどに火照っていた。

私はスレンダーなりに成熟度を見せるボディとは裏腹に、おさなすぎるほどに若い彼女の表情を見下ろす体勢でその体にのしかかっていった。

久しぶりに、陰茎がギンギンに怒張しているのが見なくてもわかった。

私は先端で肉つぼを探り当てると、慎重に腰を沈ませていった。

「アゥー」

少女が声を漏らしたが、それは痛みを表したものではなかった。

筒先までが潜り込むと、ロリータプッシーの余裕度が明らかになっていた。

もうすでに恥液をたっぷりと滲ませている肉路は、抵抗のうごめきさえ見せずに異物を受け入れていた。

そこが余裕を感じさせるのは、私の所有するペニスが細身なことも関係するのかもしれなかったが、今はロリータと一体になっている、そのことだけをエンジョイすればよい場面だった。

ゆっくりと腰を送っていくと、静かに確実にペニスが埋まっていく。

頼りないほどの柔らかさを見せる肉ホールではあったが、その内部は火照って熱くなっている。

きつい処女孔であれば、すぐに行き止まるか、それとも相手が痛がるかする場面だったが、少女は少しだけ眉根に皺を寄せた程度の表情だった。

痛みも快感も覚えていないのなら、まったく遠慮する必要もなかった。

私は少女の胸に体重を預けると、一息にアンダーヘアがこすれ当たるまで硬直を送り込んでいった。

「ヒウゥッ」

硬いだけが取り柄のペニスで穴奥を突き上げられると、さすがに少女があえいだ。

私は突き押しもせずに、陰毛がチリチリと音を立てそうなくらい腰を強く押し当てたままで大きくヒップを回していったが、それはいかにも中途半端な動きだった。

恥毛はこすれているものの、ペニスの根元までは埋もれていなかった。

私は上体を起こして太ももをまたぐかたちの膝立ちになると、もう一方の足を両手で抱え込んだ。

半ば横臥の姿勢のロリータの中に、私の硬直がずっぷりと突き立っていた。

私の太ももは、豊かなヒップと呼吸するおなかとを挟みつけ、腰が強く押しつけられていた。

それはフランスのリセの女学生がとるようなポーズではなかったが、それだけに悩ましい淫猥さを伴ってもいた。

腰を横に振ると、硬直の全体が肉ホール内部を縦方向に揺れ動いていった。

柔肉を攪拌されると、少女の腰までもが揺れていた。

尻穴を締めるような気分でヒップをグラインドさせると、より確実にプッシーがかき混ぜられていった。

ゆっくりとロリータの秘肉の感触を楽しみながら、私の興味は小作りな足に向いていった。

全体に大柄なアンヌの肢体の中で、その足は例外のように小さかった。

小さな足に華奢な指がついていて、ピンク色の爪がセクシーだった。

私は両腕に抱えている足を手前にひねると、まるで芸術作品のように輝いている足指を口に含んだ。

「オーウ」

驚きの声が漏れはしたが、その足は引っ込められなかった。

足指しゃぶりが許されるのであれば、もうタブーがないのも同然だった。

私は硬さと柔らかさを微妙に混在させたしなやかな足指を舐めしゃぶると同時に、右手で豊かなおっぱいを鷲づかみにしていった。

ヒップを揺らすことも忘れて、私はブルネット少女の体を味わっていった。

腰は強く押しつけられたままだったが、足指のおいしさと乳房の弾力が私を夢中にさせた。

少女の大人並みのおっぱいは、弾力よりも柔らかさのほうが勝っていて、現実にどうしてこんなに頼りなくソフトなのに垂れ下がらないのだろうかと疑問にすら思うが、私は研究者ではなく、一介のロリコンにすぎないのだから深掘りする必要もなかった。

ただ私は、横向きになって少しだけ腰を浮かせた窮屈な体勢の外人ロリータから快楽をむさぼればよいだけであって、手指とくちびる、そしてペニスだけを敏感なセンサーにして少女を味わっていった。

しなやかな小骨をかろうじて皮膚でくるんでいる感のある甲側に比べると、指の裏側にはふっくらと肉がついてしゃぶり甲斐があった。

桜貝を思わせる足爪も、単純に硬いだけではなく、艶めいたしなやかさを内包しておいしかった。

けれども少女の足で一番に美味なのは、それぞれの足指の付け根に当たる指の股だった。

まるで少女そのもののエキスが滲み出てくるような味がする指の股に舌を深々と差し込んで、私は恍惚とした。

ブルネット少女の片足の先っぽを口中に押し込み、その豊かに盛り上がったおっぱいを乱暴に揉みしだいている。

しかも奇妙なかたちに体をよじって苦しげにしている本物ロリータの股間に、おのれの硬直をずっぷりと突き立てている。

それは考えられる限りでは最高にいやらしい絡み合いだったが、セクシーな結合のわりには射精欲求の高まりが抑えられていた。

そんな気持ちのゆとりが、もっと過激な体位を望んでいた。

口に含んでいた足先を解放して下に下ろさせると、少女は犬みたいに四つん這いの体勢になっていた。

同時に解放された私の両手は、一方は下向きになってより豊満さを感じさせる乳房を支え持ち、もう一方も前に回って可憐なクリットをまさぐっていった。

肥厚した肉ヒダに埋もれていたクリトリスは、周囲を押される反動でぽつんとせり出してきていた。

可憐というには立派な肉粒をグリグリと揉みたてられると、少女がヒップを揺すって快感を表していた。

視線を落とすと、尻谷の浅い部分にいやらしいすぼまりがあった。

胃や腸で栄養分をしぼり取ったあとの老廃物を排泄するための器官でしかないのに、

そのすぼまりは艶めかしくも蠱惑的だった。

白い谷間がそのままに体内にもぐり込んでいるような、ほとんど色素沈着を示していないアスホールは、清潔感すら漂わせて息づいている。

細い皺が何本も放射状に走っていて、中央部分ではか黒い集まりになって吸い込まれているが、そのあたりではわずかにピンク色に染まっているかのようだった。

思っていた以上にセクシーな尻穴を認めてしまった私は、興味をそこだけに集中していった。

悩ましく息づいて異物を誘っているかのようなアナルの魅力は、他のパーツをはるかに凌駕していた。

あらためて観察してみると、体の真下に付属しているすぼまりは確かにひくついていた。

自分の意思でやっているとは思えないうごめきが、小さなホールを浮かせては沈ませていた。

こんもりせり上がってきたと見ると、恥ずかしげな風情ですぼまりながら引っ込んでいく美少女のアナルは、食欲すら覚えさせるほどにおいしそうだった。

けれども、今の体勢を変えるのも惜しかった。

犬みたいにつながりながらアヌスを刺激するには、指を使うしかなかった。ピンチを救ってから一時間も経っていない外人ロリータのアナルが開発されているのかどうか知るわけもないが、指で犯さないではいられない気分だった。

両腕を突っ張っている少女の肩甲骨のあたりを押すと、その顔が布団に押しつけられて腰がしなり、むっちりと肉の付いたヒップが高くせり上がっていた。

自分の上体を反らし気味にすると、エロチックな尻の穴が丸見えになっていた。

私は小指にたっぷりと唾液をまぶすと、ピンク色に染まった半粘膜状のすぼまりの真ん中を突き破っていった。

「アウッ、そこは」

きわめて浅い異物挿入で少女が反応したが、ヒップは逃げてはいかなかった。

私はエロチックな放射状の皺を引き延ばすようにして、肌と粘膜との境界線にある不思議な肉穴を犯していった。

抵抗はずいぶんときつかったが、それは侵入してくる異物を絞るように働く力であって、進行方向に対してはほとんど防御が働いていなかった。

細い指は唾液の助けも借りて、深々と少女のバックをえぐっていった。

それは実にエロチックで、煽情的な光景だった。

尻を高く突き上げたブルネット少女の体の真下に、二本の異物が突き刺さっている。

小指がアナルに突き込まれ、きれいなプッシーにはペニスが押し込まれている。

しかも少女はその結合をいやがるどころか、うれしげに腰を揺らしている。

尻穴の入り口が強く締まっているが、指先が達している奥のほうでも独自にうごめいている筋肉があった。

一度小指を抜いて、今度は薬指を絡めて押し込んでいくと、最初の抵抗線を破られたアヌスは従順さを見せてされるがままになっていった。

悩ましい肛門に唾液を落として指を出し入れすると、それはいっそうなめらかにすべり動いた。

いつしか絞り込むような抵抗感も薄まって、入り口部分もかなり拡張されているようだった。

私は初めてのアナルファックを体験するのは、今しかないと確信した。

どんな行為でも受け入れる外人ロリータは、無感情なセックス人形も同然だった。

ひとつの人格として尊重されなければならない少女が、私にとっては性奴隷にまでおとしめられていた。

腰を引いて静かにペニスを引き抜くと、熱く焼け立ったこわばりからは湯気が立っているようだった。

愛液に濡れそぼった淫柱の先を、美少女の肛門に添える。

鈴割れが埋もれる程度に腰をせり出していくと、意外にも少女のアヌスは強い吸引力を働かせている様子だった。

豊かに張り出した腰を両手で挟みつけ、角度を微調整しておいて体をぶつける。

「ムニュニュクウゥーッ」

半粘膜状に色づいた部分もいっしょに潜り込んでいったから、邪悪な肉筒がすべらかに白い肌をドリルのように穴開けしながら進んでいくかのような情景だった。

プッシーならば挿入部の周囲にも肉ヒダが残るが、少女の肛門を物語る痕跡はいっさいなくなって、白い谷間に肉の棒が押し込まれていくような光景だった。

さすがに指とは違って、かなりの抵抗感があった。

そしてアナル自体は潤滑液を分泌しないので、その点でもスムーズさを欠いていた。

凶暴な性衝動に突き上げられてはいても、少女を傷つけるのは本意ではなかった。

その程度の理性は保っている私が、半分も埋まっていないペニスを引きずり出してくると、裏返った肛門粘膜もいっしょにせり出してきていた。

汚らわしく薄墨色に染まった陰茎に、鮮やかなピンク色の裏粘膜がまとわりついているのは、好対照な光景だった。

捲れ返ってきた肛門は、さらに深い部分までもさらけ出して悩ましかった。

健気にもペニスにひっついて裏返った肛門粘膜は、白さを増して生々しかった。

浅い挿入を保って小腰を使うと、粘膜部分が消えたり現れたりした。

いかにもナイーブな粘膜は、何度も裏表にされて困惑しているかのようだったが、そこは意外と耐久性がありそうだった。

そして猛烈に心地よいのが、アスホールのひくつきだった。

浅い挿入を保って動かずにいると、禁断の肉路がヒクヒクと収縮を繰り返すのが感じられた。

不随意にひくついてしまうアナルに、少女も戸惑っているみたいだったが、少なくとも痛がってはいなかった。

痛がりもいやがりもしないわりには、少女の尻穴はきつかった。

亀頭部がようやくすべり込んで、いくらも進まないうちに行き止まり感があった。

だから再度の押し込みでも同じ場所までしか達しなかったが、それでも美少女のバックを犯すよろこびは大きかった。

顔からおっぱいまでを布団に突っ伏し、背中をのけぞらせてヒップを突き上げているブルネット少女の尻穴に、私のペニスがすっぽりとはまり込んでいる。

ともすれば巨根ではないのを恨みに思いがちだった私は、今はそれが小ぶりなのを誰かに感謝したい気分だった。

おそらく人並み外れた太棒であれば、この狭いアナルには挿入できないだろうと考えると、私は気持ちよいうえにハッピーだった。

最前まで押し込んでいたプッシーと比べるまでもなく、少女の禁断のすぼまりは渋かった。

血流が止められそうなまでに絞り込まれているペニスが、身動きがとれないなかで潤滑液を滲ませないからすべりが悪い肛門粘膜にまとわりつかれていても、腰の動きにせかされるように、こわばりがわずかながら前後にすべり動いていた。

も少しずつスライドしていった。

その心地よさに、全身の毛穴が残らず開いてしまうかのようだった。

その体勢でも気持ちよかったが、もっと変態的なポーズをとってみたくなった私は、バックできつくつながったままの少女を押しつぶしていった。

布団の上にうつ伏せになった少女のアナルにこわばりが埋まり、そのサイド部分を冷たい尻谷が挟みつけていた。

私は体を反転させて天井を向くと、ボディを腹の上に乗せていった。

えぐり込みの深さは同じだったが、そのまとわりつきが半端でなく強まっていた。ヒップの谷間が狭まると同時に、尻穴もキュッと収縮したせいで、そのアヌスでのはめ合いは快感の度合いを大きくさせていた。

顔に降りそそいでくるブルネット髪の感触にそそられて、豊かに盛り上がった両の乳房を鷲づかみにすると、一足飛びに気分が高まっていく。

いやらしい格好でアナルファックをしている相手が、年端(とし は)もいかない異国のロリータだというのも、私の美少女愛を揺さぶってくる。

大人びたボディを持っていても、彼女の頭は私の顎のあたりまでしかなく、そのかかとも向こう脛に達する程度だった。

初老の男があおむけになり、全裸のロリータが同じほうを向いて重なっている。そのアナルにずっぷりとペニスが突き込まれ、弾力があって柔らかなふたつのおっぱいが変形するほどに揉み回されている。

いつしか少女自身の手が下に伸びて、自らのクリトリスを激しくこすりはじめている。

それはこれほどまでに年齢差のある同士での絡み合いでは、かなり過激なほうだった。

「アフウッ、ツッスウー」

少女がよろこびのあえぎ声を漏らしていたが、私も射精欲求の高まりを抑制できなくなっていった。

もっと変態っぽい体位も頭に浮かんではいたが、あまりにも気分が切迫しすぎて時間がなかった。

それにようやく押し込んだペニスが張り出したカリ首で引っかかっていて、少女のバックから抜けなくなってもいた。

胸と腹にかかっている体重は重くはなかったが、その体を落とさないようにする神経さえも使いたくなかった私は、少女を横に下ろして腰を押しつけていった。

ふたりが同じほうを向いて横臥するのは、具合がよかった。

おっぱいもクリトリスも自由にいじくり回せるし、腰の動きも制限がなかった。

私は見られていないのをいいことに、いくらか縮れ気味の髪の毛を口に含んで味わうと、背後から何度もこわばりを押し込んでいった。

自分のクリットをまさぐることに夢中になっている少女は、尻穴を緊張させることも忘れていた。

意識していればこそ締まり気味のアナルが、今ではずいぶんと緩くなっているみたいだった。

最初のときは突き破れなかった部分を犯して、さらにこわばりを押し込んでいくと、あっけないほどに進路が開けていった。

どのあたりで肛門から直腸に変わるのかわからないが、いずれにしてもおさない少女のアヌスは細身の異物をどこまでも受け入れていった。

一気に奥までえぐるのが惜しくなったので、ゆっくりとペニスを逆戻りさせてくると、肛門粘膜とこすれ当たっている過敏さを増した淫筒の表皮が、ものすごい快美感に包み込まれていた。

押し込むよりも引き戻すほうが感受性を発揮するのかどうか、静かにこすれ動くなかに猛烈なよろこびがあった。

私が肛門姦の心地よさを冷静に観察できたのはこのあたりまでで、あとは性レベルの高まりとともに混沌とした快美のうねりに巻き込まれていった。

「ああ、ロリータのケツの穴」

はしたない言葉を吐くと、なおさら気分がそそられていった。

もうおっぱいを揉み回してはいられずに、細いウエストからヒップとして張り出していくあたりを両手で挟んだ私は、内臓をえぐるような気持ちでこわばりをバックから突き込んでいった。

なぜかスムーズになっているアスホールは、きつくまとわりつきながらも従順に異物を受け入れていく。

毛際まで腰を押しつけていくと、アナルが行き止まっているような感触があった。

肌の冷えたお尻が、火照った下腹に当たって気持ちいい。

私は意識を解放すると、射精欲求でひくつきはじめているペニスを何度も何度も少女の直腸に突き刺していった。

「ツプッ、ヌニュッ、クチュクッ、ヌツプッ」

いやらしい水音が巻き起こり、入り口の粘膜が捲れ返り、そして沈み込んでいく。

ギラついた淫柱がカリ首で引っかかるまで引き戻され、アンダーヘアが白いヒップにこすれ当たるまで深々と送り込まれていく。

ものすごく気持ちよくて、体のすべての体毛がそそけ立っていくようだ。

感度を鋭くしたペニスが、肛門粘膜のまとわりつきを楽しんでいる。

腰を送っては引き戻していくと、同じ振り幅だけの挿入とバックがあって、それのどの時点にもめくるめくような恍惚感が宿っている。

おとなになりかけのボディを震わせて、少女もまた感極まった声をあげている。

肛門で感じているのか、それともクリトリス嬲りでピークを迎えているのかわからないが、おさないアンヌがエロチックな息を吐いてあえいでいる。

少女は明らかに、アナルファックによって別次元の快楽に突き落とされている。

私は不思議な色の髪をしゃぶったままで、最後の突きを繰り出していった。

色白な肌をうっすらとピンク色に染めて体を震わす少女のお尻に、邪悪なペニスがずっぷりと突き立ってひくついている。

石みたいに硬くなった淫筒の裏側を、猛烈な勢いで官能のトロミが突っ走っていき、鈴割れを押し拡げて少女の直腸に降りそそぐ。

純粋な美少女の腸粘膜が、私のスペルマで汚れていく。

その罪深い行為には、腹筋が痙攣してしまうほどのよろこびが伴っていた。

私は何か叫びたかったが、どんな言葉でもこの快感を言い表せなかった。

少女と同じように、声にならないあえぎ声を飲み込んで快美の渦に巻き込まれていった。

今日に限って不思議なのは、射精のあとでは必ず訪れる倦怠感が訪れないことだった。

少女のバックでしとどに精を放ったのに、私はまだやり足りない気分に包まれたままだった。

さすがに欲棒はしなびはじめていたが、まだその中心には硬い芯を残していた。

私はアヌスから引き抜いた淫柱を、少しだけ角度を変えて足を交叉させた少女のプッシーにふたたび潜り込ませていった。

ぬらついた肉ホールに半硬のペニスを無理やりに押し込み、懸命に腰を押しつけていっても、やはりすぐには血流は戻らなかった。

若い頃には状況次第では射精後もしぼまずに行為を続けられたこともあったが、初老の私にはその再現は無理だった。

それでもまだ、ロリータセックスの余韻を楽しもうと無理やりにも腰をせり出していくと、異常な興奮から醒めきれないでいる少女が動いていた。

おしりの穴の中までを執拗に責められつづけた彼女は、もっと快楽を追求するために積極的にポジションを変えてきていた。

背中でにじり動いていった少女は、私の足首を持って真下につながっていた。

頭を正反対のほうに置いたふたりの股間が、ぴっちりと圧着している。

それはレズシーンではおなじみの、両者が同時に気持ちよくなれる体位だった。

私には思いもつかない格好だが、今の場合は最適だった。

少女が強く押しつけてくるから、半勃起の肉ホースもプッシーに収まっていた。少しでも隙間ができれば、にゅるっとすべり出てしまいそうな軟弱な肉ホースが、下からの圧迫で少女の中に入ったままだった。

私が受け身の体勢でいると、アンヌマリが腰をくねらせはじめていた。

片足を抱えるふうにしたブルネット髪の少女は、プッシーの全部を私の股間にこすりつけている。

足の付け根のすべてが柔らかな秘肉に覆われ、その生温かな粘膜体がひくつきながらすべり動いていく。

それはペニスだけが感じる男のファックとは違って、まるで自身がおんなになってしまったかと錯覚させるほどの別次元の心地よさだった。

単純にくすぐったいだけではない、甘酸っぱい快美感が下腹部に充満していく。皮膚と媚肉が密着し、吸いつきあい、甘いよろこびといっしょにすべり動いていく。

ペニスは感度も硬度も減じているのに、それ以上のよろこびが発生している。陰茎がこすられるうれしさを伴わない性のよろこびがあるとは、この年になっての新発見だった。

少女の清らかなプッシーで下腹部を愛撫されると、受け身になって初めて気づく犯されるよろこびに開眼したかのようだった。

感覚が戻ってもいない肉ホースは、少女の体内で揉み回されていたが、危ういところで抜けずに収まっていられるのは、膣圧がコントロールされているからだった。

腰をグラインドしているのだから、何度もペニスがすべり抜けそうになる場面があったが、そのつど入り口が強く締まってカリ首を引っかけていた。

そして少女は、さらに激しく腰を振って快感にあえいでいった。

「オーウ、スツウーウ、アウウー」

いかにも異国人らしい独特なあえぎ声が、勃起中枢を刺激する。

半硬状態でされるがままに蹂躙されていた淫柱が、火照ったプッシーを内から押し拡げるように膨張していく。

硬度が戻るにつれて、自信もよみがえってくる。

上体を起こした私は、少女の上に重なって正常位の体勢をとった。

私を見つめる彼女の目の中に、期待の色が浮かんでいる。

精を放っている私には、テクニックを駆使するだけの余裕があった。

三回浅くジャブを送って、深く突き刺す。

陰毛をこすりつけるようにして、腰をくねらす。
深い部分が、筒先でこねくり回される感覚がある。
腰を強く押しつけたままでプッシーを攪拌し、急にすばやく引き戻す。
カリ首が秘肉をかきむしるのを楽しみ、浅い接触を続ける。
数秒も静止していると、少女の体が揺らぐ。
おねだりをするような表情をしている。
浅いジャブ、深々としたストレート、そしてすばやい後退。
これらの予測不可能なペニスの動きが、少女のアクメを誘発する。
うっとりとした顔つきでの絶頂。
反面では激しい息づかいで上下に揺れる乳房。
正気に返った途端に、今度は早い抜き差しを繰り返す。
悩ましいあえぎと共に、初々しいボディが硬直する。
頭がのけぞり、白い首筋がまっすぐに伸びる。
ヒクヒクする喉。
ブルブルと震える豊かなおっぱい。
紅潮し、うっすらと汗ばんでいる肌。

緊張が解けた少女に向けて、今度は浅い突き刺しだけを繰り返す。

駄々をこねるように揺れる腰。

カリ首で入り口をひっかいての引き抜き、そしてすぐの挿入。

何度目かでの、唐突な深いえぐり込み。

急速での引き抜き。

秘肉がかきむしられ、ラビアが巻き込まれていく。

悲鳴に近いあえぎ声と、激しい全身の痙攣。

おんなのよろこびに震える、愛くるしいブルネット髪の少女。

腹筋の病的なひくつき。

ペニスを咥えたままで、何度も収縮を繰り返すバギナ。

私は少女のピークが過ぎ去るのを待たずに、アタックを再開した。

今度のテクニックを使わないやたらの抜き差しは、自分の射精のためだから、好き勝手にロリータプッシーを犯しまくる。

「ニュヌヌッ、クチュチュルッ、ヌップニュニュッ」

ふたつの接点で湧き起こる、淫靡な水音。

切れ目なく襲いかかってくるアクメの波に翻弄されつづける少女のあえぎ声。

私は何度も何度も体をぶつけていく。

肌と肌がぶつかり合う音と、淫部をこねくる水音がミックスしていやらしい。

腰骨で高まっていく射精欲求。

快美感にしびれる全身。

頭に突き抜けていく甘酸っぱい恍惚感。

私はめくるめく嵐の中で、二度目のスペルマを少女の胎内に放出していった。


けだるいセックス後の倦怠感に身を委ねている私から離れると、直前までの絡み合いを匂わせもせずに少女がシャワーを浴びにいった。少女は出てきても、愛想のひとつも言わなかった。

危ないところを助けてもらった礼は返したという気持ちが、行動の端々に見えていて残念だったが、それが現実だった。

若くてはち切れそうなボディを持った外国籍の美少女が、好き好んで初老の男に体を開くわけもなく、最前の性行為は口止め料込みの返礼だと考えるのが自然だった。

そそくさと服を着た少女は、後ろも振り返らずに半開きにしておいた玄関ドアから出ていった。

内心で期待していた、あのふたりののぞき見もなかった。私は少しばかり落胆したが、翌日には予期せぬ展開が待ち構えていた。

第三章　ふっくら体型の魅力

日曜の午後だった。遅い昼食を終えた私の部屋を、ふたりの女の子が訪れていた。ひとりは隣室のきらりで、もうひとりは公園でいっしょだった子だ。

「おはようございます」

「はい、おはよう」

迂闊(うかつ)なことを言えないので、私は少女らの言葉を待った。

「きらりの友だちで、まみと言います。この前公園であったことをお母さんに話したら、そんな強い人なら、きらりちゃんといっしょに護身術を習いなさいと言われてきました」

それはまったく見当違いの頼みだったが、断る理由もなかった。護身術はまったく習ったことはなく、それらしい本を数冊読んで自分なりに理解していただけであって、この前はかなりラッキーなケースだった。

たとえばあれで反撃されたら、おそらくは惨めな結果に終わるのがわかっていたからこその迅速な撤退であって、結果オーライだったというしかなかった。

それでも先方が勝手に思い違いをしているのであれば、それを活用しない手はなかった。少なくとも少女の手を取ったり、場合によっては体に触れたりするわけで、それだけでもメリットがあると思われた。

もちろん根っからのロリコンだから、もっと先までいければよいが、若い頃のようにガツガツと飢え乾いているというわけでもなく、久しぶりのチャンスを楽しませてもらおうという程度の気分だった。

けれども気持ちに余裕はあるものの、だから工作をしないということではなかった。無理強いに最後までいくのがためらわれるのは、もしもばれたときの社会的制裁を恐れるからであって、相手側から誘ってくるのならばいただくのが当然だった。

なにしろおさない少女だから、年齢としては申し分なかった。中学生になってしまうと、男が自分の体を欲しがるのをなんとなく理解して、値段で換算してしまう子もあらわれるが、かなり早熟でも小学生は自分のボディをお金を払ってでも自由にしたいなどと考える男がいるなんて思いもしなかった。

純真とか無垢とかいうのともちょっと違うけれど、少なくとも性的な面に関しては、この年頃の少女たちは不純ではなかった。

私が興味をそそられるのは、ふたりの特徴が少しずつ異なっていることだった。ふたりをいっしょにしての３Ｐまでは期待できないにしても、それぞれのボディの差異を堪能することはできそうだった。

きらりは中肉中背よりも、いくらかスレンダーな感じだった。胸のふくらみが素敵なカーブを描いているが、その盛り上がり具合は物足りなかった。短いスカートからすらりと伸びた足は魅力的で、特にそのひかがみは悩殺的だった。

どういう字を当てるのかわからないが、まみはどちらかといえば太り気味だった。おデブちゃんというわけではないが、ふっくらと肉づきのよい体つきは、柔らかくておいしそうだった。

私の趣味としてはきらりのスレンダーボディが好みのはずなのに、並び立ったふたりを見比べると、まみのむっちりボディも捨てがたかった。

顔つきはきらりが冷たさを感じさせるほどの美少女タイプで、まみのほうは普通に年相応の女の子だったが、今の私にはあまり重要なことではなかった。

若い頃には少女の顔つきは重要課題であって、顔の輪郭や目つき、鼻の付き具合などがそのまま興奮度のバロメーターになっていたが、今では用事があるのはオーラルに限られていて、その他のパーツはただ乱れ調子でなく付属していればよい程度になっていた。

そうはいっても、やはりきらりの表情にはそそられるものがあった。卵形というには顎がシュッとして涼やかな輪郭をしたきらりは、優しいのにこちらを射すくめるような視線に最大の特徴があった。

実際に彼女に正面から目の中をのぞき込まれると、どす黒い腹の内が見透かされるような思いがした。非難めいた色などは浮かべていないのに、あまりにも純真なまなこが鏡となって私のよこしまな企みをあぶり出すのかもしれない。だからよけいに、私はこの子を自由にしたかった。


引き結ばれたくちびるに、赤剝けた亀頭(グランス)の裏側を押しつける。

扁平な胸の丘にも、こすりつける。

おへそのくぼみにも、入らない筒先をこじ入れる。

神秘のスリットには、同じ縦方向に優しく添わせていく。

腰を送ると、少しだけ埋もれた肉筒が半開きの秘割れをすべり動いていく。

可憐な肉芽を、鈴割れにくわえ込む。

こわばりを上下に揺らすと、過敏なクリットを刺激された少女があえぐ。狭い範囲の縦ミゾに収まった核実が、急に成長して伸びてくる。鈴割れから尿道口を逆流して、少女のクリトリスが私の内臓まで……。


「おじさん、護身術、教えてくれるの、くれないの？」

あられもない妄想から現実世界に引き戻された私は、オーケーを出した。

「じゃあ、今からさっそく」

万事に積極的らしいまみは、返事も待たずに部屋に入ってきていた。それにつられて、きらりも靴を脱いでいた。

あらためてふたりの弟子を前にすると、私は何から教えてよいかわからなかった。護身術など習ったこともないが、いくらかそのジャンルの本を読んで知識だけは持っていたので、最初に構え方を伝授する。

「左足前、右足半歩ななめ後ろ、左手は肘を直角にして、右手は四十五度」

矢継ぎ早に指示を出すと、ふたりは懸命に構えを取っていた。何しろ目の前で同じくらいの外人少女がいやがらせを受けたのだから、その公園でいつも遊ぶふたりとしては真剣になって当然だった。

「前に出るときは斜めに、さがるときも斜めに動くよ」

ふたりはぎこちないながらも、若いだけあって俊敏に動いた。

「いつでも相手の拳が届かない距離を保つには、体重移動が大切だよ」

少しは自分でもやって見せないと具合悪いので、私が手本を見せる。

体重がかかっているほうの足は動かせないから、常に移動させるほうの足を猫足立ちにしておくと、そのまま蹴りを出すこともできる、と言って前蹴りを繰り出すと、下駄での蹴りがかなりの効果を発揮したことを知っているふたりの口から感嘆の声が洩れた。

あまりやるとボロが出るから、あとはふたりにいろいろなかたちの蹴りを教え込む。経験のない私でも、前蹴り、横蹴り、後ろ蹴り、足刀、それに金的蹴りくらいは教えることができるが、少女らが面白がって何度も繰り返し練習したのが金的蹴りだった。

体力差のあるおとなの男と少女が戦ったとして、実際に使える技としては目突きと金的蹴りくらいであって、枕を蹴らせると、少女らはキャッキャッと笑いながら、それでもけっこう効果的な蹴り上げを見せていた。

興味が継続して、次も来てもらうには、適当なところで切り上げなければならなかった。

小一時間ほど練習して、うっすらと汗をかいた少女らに終わりを告げる。

きららは塾があるからと帰ったが、まみは帰り支度すらしなかった。私が知らぬふりをしていると、彼女のほうから切り出してきた。

「あのー、夕方まで、ここにいてもいいですか」

何かよっぽどの事情がありそうだったが、私は聞かなかった。台所のテーブルに座ったままでうなずくと、まみは安堵の表情を浮かべた。

私はダメ元で、少女にシャワーを勧めると、まみは即座にのってきた。私の座っている場所からは、風呂場が丸見えだったが、まみはあまり恥ずかしがらずにトイレの前で服を脱ぐと、シャワーの前に立った。

初めて使うシャワーのやり方がわからなそうなので、私が操作をしてあげると、まみは頭からお湯を浴びて気持ちよさそうだった。

「悪いけど、ドアが壊れてて閉まらないんだ」

壊れていないのに、そう言ってドアを開け放したままにすると、元気よく浴びるシャワーのお湯がトイレの前にまで飛び散っていたが、そんなことはいっこうに気にならないくらい日本少女の湯浴(ゆあ)み姿はエロチックだった。

数日前と同じ状況で、ブルネット髪も悪くはなかったが、やはり漆黒の髪と白い肌の取り合わせのほうが官能的だった。長い髪を前に垂らしているので、まみからは私がのぞいている様子が見えないはずだった。私はなんとなく股間を疼かせながら、十二歳少女のシャワーシーンを視姦していった。

まみのボディで目を引くのは、大きなおっぱいだった。大人並みとまではいかないけれど、跳ねると縦揺れするくらいはボリューミーなおっぱいは、悩ましいカーブを描いて盛り上がっていた。

次にエロいのは、下腹の陰りだった。ほんのちょっぴり生えている恥毛は、いかにも少女らしさを漂わせて淡かった。小さな逆三角形を作ったアンダーヘアのかたまりは、その下に続く秘密のクレバスを指さしているようでもあった。

形よく膨らんだ乳房に目を奪われはしたものの、やはり一番に興味をそそるのは少女の秘割れだった。くっきりと刻まれた黒い一本線は、その深さを暗示しているかのように際立っていた。私の視線に対しては横向きだから、ほとんどは太ももに隠れてしまっているが、それでも体をひねった拍子に丸見えになることもあって、よけいに目が離せなかった。

シャワーを止めたまみは、バスタオルを要求していた。大きめのタオルを手渡すと、少女はそれを胸高に巻きつけて、今度は髪を拭くためのタオルを求めた。それも渡すと、まみはタオルを頭に巻いてベランダに出ていった。

南向きのベランダは、隣室とはすぐに破れるボードで目隠ししてあるだけだから、いかにも具合が悪かったが、もう出てしまったものは仕方なかった。きらりは塾に行くと言ってたからいないにしても、母親に見られるのはまずかった。

幸いにも誰もベランダに出てはいなかったが、そのほかの家の視線もあった。近所付き合いも控えている私は、静かに暮らすのが望みであって、誰彼に妙な評判を立てられるのは本意ではなかった。

「もう、お入り、風邪を引くといけないから」

私はあくまでもいいおじさんを演じていた。久しぶりにかかった獲物を、なんとかしてものにしたかった。それ自体が犯罪行為であることは充分に承知していながら、それでも少女の体を狙うなんて、公園のオタクらとなんら変わるところはなかったが、そんな良心はとっくの昔に捨ててしまっていた。

私が恐れるのは、小学生の女の子を性的目的でたらし込んでいやらしいことをしたオヤジだと指さされる事態で、もっと悪いのは公的機関から処罰されることだった。逆から言えば、ばれないならばかなり突っ込んだことまでしてみたかった。

素直に部屋に戻ってきた少女は、全部のふすまを取っ払ったあとで一本だけ邪魔になっている柱に背中をもたせかけて横座りになっていた。

そんな姿勢で髪を拭いている少女の太ももの奥には、くっきりと縦に走ったラインがのぞいていた。

ひとつしかないテーブルの椅子に座った私の視界に入っているのを知ってか知らずか、少女は無心に髪を乾かしている。

腕の上げようによって、足の開きが大きくなったときなどは、恥毛から割れ目までが丸見えになっていた。

「おじさん、見えた？」

突如としてまみが顔を上げたので、下腹を凝視していた私は戸惑った。

「さっきも、お風呂場で見てたでしょ」

「い、いや、べつに」

なんとかごまかしたものの、私の優位が揺らぎそうになっていた。なんとか威厳を取り戻さなければと焦る私に、少女は驚くべきことを頼んでいた。

「わたしのあそこ、変じゃないか、調べてください」

この子は私を何者と思っているんだ、とは感じたが、もちろん断る理由はなかったから、鷹揚な態度で了承した。

「少し前から、変な色したものが出てきたりして、でも誰に見てもらえばよいかわからなくて」

もう、みなまで言うな。おじさんが隅から隅まで確認して、安心させてあげるから。

「じゃあ、こっちに寝てみなさい」

玄関をいきなり開けられても死角となっている六畳間に誘うと、少女はあおむけになりそうだったから、私はあわててうつ伏せを指示した。上を向いていると、それぞれのパーツを確認しているときの私のにやけ顔が丸見えになる理屈で、だから最初はうつ伏せになってもらうほうが都合がよかった。

バスタオルを畳に敷いて、小学六年の女の子が全裸体をさらけ出している。

背中からヒップにかけてのなだらかな曲線が悩ましく、お尻の割れ目がくっきりと走っていてエロチックだ。

脇の下に膨らんでいるのは押しつぶされたおっぱいのはみ出しだが、とりあえず今は背面のチェックをする時間だった。

いきなりは尻谷を割り拡げられないので、最初に首筋に手を当てて触診する。

肩甲骨、脇腹、背骨のカーブ具合を正常だと判断しておいて、両側のお尻に手を添える。

まみは覚悟を決めたのか、お尻を触られても身じろぎもせずにいる。

頼りない柔らかさと同時に、適度な弾力をも感じさせる素敵なヒップだ。

横への張り出しと、上への盛り上がりが渾然一体(こんぜんいったい)となって、十二歳少女の臀部の魅力となっている。

あまり揉み回していると誤解されるから、私はそこを開いて肛門のチェックに移る。

白い肉谷の奥に、わずかな色素沈着を見せるすぼまりがあった。

わずかにこんもりと膨らんだ中心部分が、急激に体内に向かって沈み込んでいる。

放射状のしわも、少女らしい可憐さで刻まれている。

初めて他人の目にさらす恥ずかしさに、神秘的な肛門がひくついている。

ああ、舐めたい。

舌を突っ込みたい。

お尻の穴の中の温度を、自分の舌の温かさと比べてみたい。

私は切実にそう思ったが、それでは全部がぶち壊しになるおそれがあった。

少女の求めに応じての診察だから、そこから逸脱はできなかった。

それに初めて会ってここまでなら、今後もどこまで発展するかわからなかった。

私は不確かな望みを抱いて、肛門の診察を終えた。

「後ろは、異常なしだね。じゃあ、前を診(み)ようかな」

いつしか私は、本物の医師になったような気分だった。

そしてそれは、まみにも伝染しているみたいだった。

「はい、お願いします」

素直に体を反転させた少女の裸体は、まぶしいほどに白かった。

太ももの半分から下はいくらか日焼けしているものの、それ以外のどこも肌理細かな白い肌だった。

その中でもことさらに白いのが、胸から鼠蹊部にかけてだった。

おそらく去年のスクール水着の跡だろう、そんな形状をうっすらと残しての真っ白な皮膚は、いかにも子供らしい健康的な輝きに満ちていた。

そんな健康な肌を、私はあくまでもいやらしい目で眺めていた。

なるべくにやけないように注意したつもりだが、自信はない。

おさない少女の全裸体を目の前にして、にやつかないロリコンがいたらお目にかかりたい。

私は予防線として、少女の顔にタオルをかぶせた。

「恥ずかしいだろうから、こうしてあげるね」
ああ、私はどこまで破廉恥漢なのだ、なんて自分を責めることはなかった。
もうとっくに、そのレベルの道義心なぞは捨て去っている。
タオルで目隠しすると、羞恥心まで消えていった。
見られる心配がないから、思う存分に視姦しまくれる。
それでもすべての行為には、それぞれに理由付けする必要もあった。
「おっぱいにしこりがあると大変だから、触診してみるよ」
私は返事も聞かずに、ふたつのふくらみを下から支えるようにする。
ふっくらと盛り上がった乳房の重量が、両の手で感じられる。
持ち上げるとわずかに変形するおっぱいの中心に、未熟な乳頭がある。
肌が少しだけ色づいて、乳輪と乳首がせり出している。
粘膜とスキンとの中間めいた危うさ。
いやらしくない節度を保ちながら、乳房を揉み回すのは難しい。
愛撫と触診の違いなんて、いったいどこにあるのだ。
アヌスと同じく、少女のおっぱいも口に含んでみたかったが断念した。
おへそを飛ばして、肝心の鼠蹊部へと視線を移す。

Yの字形をした足の付け根に、くっきりと縦走るシンプルなラインが少女の女性器のすべてだった。

少なくとも外見上は、それが少女のプッシーだった。

だが経験を持ち出すまでもなく、もっと複雑なパーツ類が縦ミゾの中に収まっていることはわかっている。

柔らかな盛り上がりを見せているふたつの白い丘が、中央の合わさった部分で体内に巻き込まれていく。

ほんのわずか開いているみたいだが、閉じ合わさっているようにも見える。

神秘的なロリータプッシー。

日本人少女の、おま×こ。

おいしそうな肉の一本線。

一度オープンしてしまえば直ちに消滅してしまうはかなさが、まだタッチもしていないまみのしとやかなスリットにはあった。

こんな態勢になっているのは、その女性器に異常があるかどうか確認してくれと頼まれているからだが、脱線しそうだ。

清らかにもいやらしい処女のプッシーを眼前にして、冷静さを保てるかどうか。

それ以前に、オープンして見るだけですませられるかどうか。

私は半ばやけっぱちになって、外側の肉谷を割り拡げていった。

深い谷底から、もうひとつのラビアが生え出ている。

四半分くらいが皮膚の峰で、あとが粘膜質のビラビラになっている。

複雑に絡まり合った花弁の先だけが、薄茶色に色づいている。

くにゃっともつれながらぴったり閉じ合わさっているから、中身は見えない。

少女のインナーラビアそのものが可憐で色っぽいが、そこを開いた花園にはもっと過激でエロチックなパーツが散在しているはずだ。

それがわかっていながら、ラビアを片寄せてみる。

迷走神経と細い血管を内包した陰唇間ミゾが露出する。

梨花子のそこには清らかで不潔な恥垢（スメグマ）がこびりついていたが、まみの谷底はきれいだった。

時代性なのか、それとも自分でそんな深くまで洗っているのか知らないが、少なくともそこを舐め清めるという理由はなくなった。

ラビアを真ん中に戻して、フニャッと頼りない花びらを二本の指で割り裂く。

他愛もなく押し開かれる二枚の肉ヒダ。

白日の下にあばかれる粘膜の谷底。

少女愛好者の目に飛び込んでくる、まみの宝石箱。

そこは濡れている。

得体の知れない蜜に濡れて、妖しく光り輝いている。

小さな尿道口と、くっきりと存在を主張するすぼまりが縦にならんでいるが、クリトリスは見えなかった。

おしっこの出る尿道口はセックスには不要なパーツだが、妙に悩ましい。

谷底にひっそりと咲いているピンホールは、両側にさらに小さな穴を従えている。

飲みたい、そこから噴出するものを飲み干したいと思ったが、そんなことをお願いすればそれこそヘンタイと忌避されてしまう。

それにまだ二カ所の、極めなければならないパーツがある。

不思議なようだが、こんなにも官能的な場面にもかかわらず、私の股間では硬直するものがなかった。

エロチックな状況に触発されて淫らな血流が海綿体に流れ込んではいるらしいが、肉ホースは半勃ち状態のままだった。

年をとるとはこういうことかなどと慨嘆している場合ではない。

いざとなれば、もっと直接的な刺激でエレクトするのは確実だ。

それに下腹部からの突き上げるような要求がないから、処女のプッシーを冷静に観察できるというメリットもある。

私はヴァギナの位置を確認しておいて、薄い肉片の最上部をかき分けていった。

さらに複雑さを増す絡み合いの一番上に、半透明の膜に包まれた肉粒がある。

いちだんと低くなった谷底に、大切に守られている少女のクリトリス。

ピンクに発色した肉の真珠。

無理に割り拡げていなければすぐに閉じようとする秘肉のトビラ。

タオルを取っていたまみが、クリトリスを観察されているのを知って尋ねる。

「私のそこ、正常ですか？」

もったいをつけて言葉を濁す。

「見た目は異常なしだけど、感度がどうかわからないね」

「それって、大事なの」

「女性のセックスでは、もっとも肝心な性能だからね」

「お願いです、調べてください」

哀れなまみが、体ごと網に引っかかっていた。

もういっさい、よけいなことを言う必要もなかった。
少女の反応を見極めながら、検査をエスカレートさせていくだけだ。
肉のトビラに隠れたクリットを、ゆっくりと刺激していく。
指の腹を振動させて、包皮ごと撫でこする。
私ももどかしいが、このやり方ではまみのほうがもっともどかしいはずだ。
案の定、少女が心配げな声を洩らしていた。
「あんまり感じません、不感症だったらやだな」
そこまで不安感を覚えさせれば、もう遠慮はいらなかった。
「指では刺激が強すぎるから、別な方法で試してみるよ」
返事もせずに頭だけでうなずいた少女のクリトリスを、ふたたび露出させる。
全裸少女の足の付け根に顔を近づけて、肉芽をすぼめたくちびるに吸い込む。
可愛らしい弾力のある肉粒を、舌の先でくすぐる。
すすり飲んでおいて、さらに強く吸引する。
舌でなぎ倒す。
一連のテクニックで、少女は一気に舞い上がっていった。
「あー、おじさんー、なんだかーピクピクするよー」

奇妙に語尾を伸ばすあえぎ声が、まみの快感を表している。
その表現は奇抜だが、気持ちよくなりはじめているのは間違いない。
インナーラビアの上辺全部をすすり飲んで、舌で攪拌していく。
可憐な肉粒も花弁も谷間も、すべてをいっしょくたに舐めずり回す。
舌先でこすり上げて、こすり下ろしていく。
どこがどう責められているのかわからないのに、まみが高ぶっていく。
「あー、いいー、あー、おなかがビクビクするー」
おさないのに、そのあえぎ声は妙に色っぽい。
私はさらに、タッチを強めていく。
くにゅっとした肉片が、なぎ倒されては復活する。
薄膜から露出してしまったから、クリットがダイレクトに責め立てられる。
処女孔は放置されているのに、まみはクリトリス刺激だけで高揚していった。
「ひあああー、ああー、変になっちゃうー」
行為だけでは勃起しなかったのに、少女の艶っぽいあえぎで下腹部が反応する。
足の付け根で、確実に体積と硬度を増大させていくペニス。
「あ、だめだめ、気持ちよすぎるから、だめー」

少女のよろこびの声が、私の勃起中枢を刺激する。
「おじさん、もうーやめてぇー」
声だけではなく、ふっくらと肉の付いたボディも反応を見せはじめている。
背中がのけぞり、腰がせり上がる。
プッシーも持ち上がって、結果的に私の口に強く押しつけられる。
大きく口を開いて秘割れの半分くらいまで食べておいて、顔を横に振る。
思いつきでやってみた方法に、少女は体を震わせて反応する。
「だめだめー、ああー、変になっちゃううぅー」
浮き上がったヒップを両手で受けて、顔を上下にも揺らしていく。
舌がどこに当たっているのかもわからない。
さまざまな感触が、口中と舌に当たっては流れていく。
クンニリングスというには激しすぎるテクニックで、少女が絶頂していった。
「ひあ、ああ、あああー」
弓なりにのけぞった肢体が硬直し、細かく痙攣する。
あえぎ声が飲み込まれ、呼吸も停止する。
初めての陰核愛撫で、初めてのエクスタシー。

少女が無呼吸で体をこわばらせている間にも、間欠的に起こす引きつけ。
おさない少女なのに、アクメに突き上げられるまみの表情がセクシーだ。
まぶたを閉じて、半開きになった唇からこぼれる白い歯先。
鼻孔がヒクヒクして、まっすぐになった喉。
激しい息づかいの胸で、上下動するふたつの乳房。
それらのすべてが、少女のエクスタシーを表していた。
体をずり上げて、どさくさまぎれのキスをする。
少女は拒まない。
まだエクスタシーの余韻でもうろうとしているまみの唇を、私のそれで挟む。
わななく下くちびるを、挟みつけて味わう。
歯を食いしばっているので、舌をすべり込ませることができない。
チュッと音を立てて、キスを切り上げる。
いきなりのいろんな行為での、拒否反応が怖いから。
豊かに盛り上がって柔らかなおっぱいを、揉まずに撫で回す。
指の間に乳首を挟んで、軽くつぶしてみる。
それらのタッチはあくまでもソフトで、アクメの邪魔をしない。

下腹を撫でさするうちに、さすがのエクスタシーも引き潮のように消えていった。

「ああ、おじさん」

まみが下から見上げる目に、感謝の色が宿る。

その両腕が、私の首に絡みつく。

少女が、自分からキスをしてくる。

私はされるがままに受ける。

単純に唇を強く押しつけるだけのキスに、甘いよろこびが宿っている。

今のところは、この程度でいい。

本格的なディープキッスは、次の機会までとっておくことにする。

まだヴァギナを責めていないから、そちらに水を向ける。

「クリトリスだけでこんなに気持ちいいなら、ヴァギナならもっと……」

その言葉を無視して、まみが質問する。

「セックスって、気持ちいいですか？」

「うん、今の五倍くらいの快感だね」

少女は何ごとかを考えているみたいだった。無理やりに行為をしたわけじゃない、という言いわけのためだけに相手の言葉を待つ。

「じゃあ今度、教えてね。その代わりに今日は、研究してみたいの」

「なにさ、研究って」

「いいから、そこに寝て眠っちゃってよ」

下腹部で目覚めているモノがあるのに、眠れるはずもないが、私は少女の暗示にかかったかのようにすぐに寝そべった。

ズボンのボタンが外されてファスナーが下げられる。

腰を浮かせると、ズボンとパンツがいっしょに脱がされていく。

とっくに勃起状態だったこわばりが、バネ仕掛けのように弾け立つ。

「きゃっ、おち×ちんが立ってる」

少女を驚かせたことが、単純にうれしい。

成人女性ならば他人のそれと比べて、私の所有するペニスが大きくはないと落胆する場面だが、初めてエレクトした男性器を目にする女の子をびっくりさせる程度のボリュームとたくましさは備えているのだろう。

過敏な肉粒を舐め回してまみのあえぎ声を聞いたときから興奮していた私は、下半身をさらけ出してこわばり立った淫柱を見られている状況に、さらにエキサイトした。

根こぶで何かが爆(は)ぜる感覚があると、肉柱がビクンと跳ねた。

ふたたびの少女の驚きの声。

わざと何度か跳ね動かすと、それが呼び水になったらしく、少女の指がこわばりをつついていた。

ペニスは小ぶりだが、淫水焼けもしていないそれは、女の子に不快感を抱かせるほどには不潔っぽくないだろうことは承知している。

わずかにブラウンがかった茎の先に、赤剝けた亀頭部が付属している。

根こぶのふくらみに続いて、皺ばんだ陰嚢がぶら下がっている。

海綿体の充血によって太くなった茎部には、数本の血管が筋走っている。

それが私の男性器のすべてだった。

標準サイズかそれ以下か知らないが、少なくとも巨根とはかけ離れている。

そしてその小ささは、少女愛を実践するときには必須の条件だった。

そんな美しくもないが、少なくとも汚らしくもないペニスをまみが見つめている。

その視線の熱さを感じ取って、淫柱が新たな刺激を欲して(ほっ)いた。

少しだけ腰をせり上げると、指の接触する度合いが多くなっていき、やがて全周がしなやかな感触にまとわりつかれていた。

もう一度腰を浮かせると、指の輪の中をペニスがずれ動いていった。

腰を沈めて待つと、まとわりついた指の輪が上下に動きはじめていた。

カリ首も茎部も区別せずにずれていく指との接点は、しっとりとしているだけで潤滑剤はなかった。

マスターベーションならば表皮をずらすのだが、何も知らない少女は絡みついた指そのものを上下に大きくすべらせるので痛い。

痛いけれど、その中に大きな快感もある。

それでも手のタッチだけで高まるには、物足りない感じがあった。

どうせならば、もっと刺激的なやり方をしてほしい。

私は寝言のように「お口で」とつぶやく。

少しだけためらった少女の顔が、私のおなかに近づく感覚がある。

なよやかな黒髪の先が、下腹をくすぐる。

その当たる量が、さやめきながら増えていく。

太ももにまで髪の毛が責めてきたとき、筒先が生温かなものに包まれていた。

ああ、ロリータのお口だ。

私は我慢できずに目を開く。

豊かな黒髪が邪魔をして、ほとんど口唇愛撫の情景が見えない。

それがよけいに、ペニスの感覚を研ぎ澄ます役割を果たしている。
見えないぶんだけ、筒先が敏感度を増している。
センサーと化した淫筒が、少女のオーラルの気持ちよさを伝えてくる。
まだカリ首までしか収まっていないが、口の中が温かくて心地よい。
浅いフェラチオなのに、少女が身もだえている。
ライトかヘビーか関係なしに、その行為の過激さにまみが興奮している。
少女の太ももを持って引き寄せると、回転してきたまみの片膝が私の頭を越える。
眼前の高いところに、丸見えのおま×こがある。
逆方向に重なり合ったことで、フェラチオの具合も変化している。
よりいっそう深みを増したオーラルが、茎の半分くらいまで吸い込んでいる。
ねっとりとした舌が、いやらしくうごめいて肉笛をこする。
やや硬さを感じさせて、口蓋がへばりつく。
ときどき歯先が当たって、妖しい危険さを思い出させる。
そして喉の隘路で、筒先が少女を感じ取っている。
そこまでフェラ快感を享受すれば、もう充分だった。
ペニス刺激はまみに任せて、私はおさないプッシーを味わうことに専念する。

腹筋をきかせて頭をもたげると、白い秘割れが眼前に展開する。
外側も内側も観察ずみだから、すぐにきれいな縦ミゾに吸いつく。
柔らかな肉谷に、顔の前が埋もれていく。
鼻も口も花園に圧迫されて息ができない。
甘酸っぱくも危険な窒息だった。
ぬめって接触してくる粘膜質が、少女の体温を伝えてくる。
息ができるだけの角度を保って、舌を送り込んでいく。
火照ったすぼまりの中心部を舌先が進む。
ひくついている。
少女のおま×こが、ヒクヒクと痙攣している。
ロリータの秘密を舌がまさぐっている。
花園よりもっと熱い処女孔が、温かくうごめいて侵入してきた異物を締め上げる。
限界ギリギリまで舌を突っ込んでいく。
微妙な当たり具合と、神秘的な蜜の味。
粘膜と内臓の融合。
生殖器であって、悦楽を生む秘肉の壺。

男を驚喜させる火照ったるつぼ。
深々と送り込まれた舌が、少女のおま×この内部情報を伝達してくる。
十二歳少女と繰り広げる、過激なシックスナイン。
白くてふっくらとしたボディを私は下から舐め上げる。
四つん這いになって、まみは男のペニスを懸命に頬張っている。
年端もいかない女の子を相手にした禁断の体位。
それは充分すぎるほどのいやらしさなのに、私にはまだ不満だった。
そしてもう若くはない私にとって、腹筋を働かせてのクンニは苦しかった。
体勢をキープするためのパワーがもったいなかった。
すべての快美感をペニスだけに集中させるには、別のスタイルが必要だった。
腰を引くと、温かなオーラルが離れた。
上体を起こした少女を、そのままの体勢で押し下げていく。
お尻でずっていったまみの動きを、こわばりをまたがったところで静止させる。
腰を支えて、豊かに張り出したヒップを前後に揺らす。
優しい当たり心地の肉谷が、私のこわばりを半分ほど埋めてスライドしていく。
何度か押し引きすると、悩ましい全裸体がリズムを覚えて自分から動きはじめる。

全身をまっすぐに伸ばした私の両膝に手を置いて、少女が腰をくねらせる。
後ろ姿の腰から下が、まるで別の生き物のように卑猥にうごめく。
ペニスに重なった肉の谷が、裏半分を柔らかくこすって移動していく。
まみと視線を交わさなくてすむ姿勢になったことで、私は若い頃の自分に戻る。

梨花子、りかこ、リカコ。
口の中で三度はじける、愛おしい名前。
ああ、十一歳と十一カ月のおさない美少女。
天使と悪魔を共存させる究極の生身。
梨花子が勉強机に突っ伏して、うたた寝したことがあった。
だらりと垂れた右手の作る指の輪が、何かを誘っていた。
私は膝立ちになり、清らかでエロチックな指にこわばりをすべり込ませる。
ピクッと反応する右手。
私は一瞬、羞恥心で体をこわばらせる。
リズミカルに刻まれる安らかな寝息に、ほっとする。
寝息に合わせて、送り込まれていく肉棒。

すべらない手のひらと、頼りなく絡みつく指との禁断の摩擦。
スリムな少年体型の梨花子が、机と椅子とに挟まれて斜めになっている。
短いスカートから伸びる、むっちりと肉づきのよい太もも。
少しだけ開き加減の両足の間に、見えそうで見えないショーツ。
白くて肌理こまかな太ももの内側。
中途半端な体勢なのに、安らかな寝顔。
きれいにカールした長い睫毛。
しどけなく開いたくちびるの奥に、白い歯並び。
眠っている少女の手に、ペニスを握らせる背徳のよろこび。
ああ、梨花子とセックスしたい。
割れ目を見たい。
舐めたい。
舌を突っ込んで、上から下まで舐めしゃぶりたい。
おしっこをかけてほしい。
なま温かいおしっこで、私を溺れさせてもらいたい。
まだ放出が止まっていない尿道口を塞ぐようにして、口をつける。

ジョボジョボという水音が、脳髄に響く。
梨花子が体の中から出してくるものなら、汚くはない。
すべてが清潔で、神聖で、そして尊い愛の液だ。
それなのに私は、少女の秘密を何一つとして解明していない。
プッシーもアヌスも、妄想の中でしか存在していない。
白い肌が、すっぱりと秘割れている。
足の付け根が作り出すYの字の、その中心を縦走るか黒い一本線。
そしてお尻の谷間の深い場所に、ひっそりとすぼまっているピンクの肛門。
もうろうとしてフォーカスの合わない、想像の中での少女の秘密。
まだ眠っている梨花子の手の中で、目覚めていく官能のうねり。
射精欲求の高ぶりと共に、より過激度を増していく妄想の世界。
スカートから伸びる太ももと、形のよい丸い膝小僧。
その内側で折れているひかがみ。
今は見えていないが、梨花子のひかがみはセクシーだ。
単に歩行を助けるために折れ曲がり、そしてまっすぐになる場所。
横に数本の皺があるだけの、ちょっとしたふくらみ。

サイドに縦走る二本の腱。
硬いようでいて弾力のある、不思議なふたつの淫靡なパーツ。
折りたたんだ梨花子のひかがみに、灼けたペニスを挟まれたい。
ゴリゴリと痛いけれど、そこから発生する甘い誘惑。
充血した海綿体と、好対照なひかがみの硬軟度。
腱は硬いが、真ん中のふくらみは優しい当たり心地でペニスにまとわりつく。
横並びのふたつのひかがみを貫くこわばり。
そんなに長いはずはないのに、それでもいっしょに犯していくよろこび。
セックスに無関係なのに、濃密にまとわりついて離さない。
男性器と交わるのが初めてなのに、上手に茎をしごき、亀頭(グランス)を刺激する。
心なしか、それ自体がひくついているような梨花子のひかがみ。
ああ、なんと心地よい。
お尻が見たいと望むと、短いスカートがふわりと裏返った。
うつ伏せの少女の、形よく盛り上がったヒップ。
白く輝くばかりのカーブの中央が割れて、浅いくぼみが徐々に深まっていく。
切れているのではなく、両側から垂直になだれ落ちる肌が作る深い谷間。

谷底に息づく、妖しげなすぼまり。
浅い皺が放射状に伸びていくが、それはわずかな広がりにすぎない。
すぐに皮膚になってしまう、限定された範囲の可憐な肛門。
そこに入りたい。
禁断の門扉を押し破り、こわばりを突き入れたい。
けれどもそれは、実現不可能な望みだった。
そしてひかがみとのファックも、自分だけの世界に舞い遊ぶ私の妄想である。
私は依然として、少女の手とつながっている。
うたた寝する梨花子の手の中に押し込んだ、灼けるように熱いペニス。
ちょうどよいまとわり具合の中で、急速に高まっていく欲求。
もう少しだけ、寝たままでいておくれ。
エロいあえぎ声の代わりに、安らかな寝息の往復。
処女孔の身代わりになっている、しなやかな指の輪。
しどけなく半開きになったくちびると、こぼれ落ちる白い歯先。
白い太ももと、引き締まったふくらはぎ。
ソックスで隠れているが、きゅっと細まって素敵な足首。

それらの見えるものと聞こえるもののすべてが、私の官能をあおり立てる。
ああ、出る。
少女の体の一部で、命を引き継げるうれしさ。
肉棒の裏側を、ものすごい快美感を伴って突っ走っていくうねり。
ああ、ああー、梨花子ー。
おまえの名を、何度でも呼びたい。
愛おしい美少女。
美しい堕天使。
可愛らしくて憎らしい小悪魔。
私は限りない幸福感に包まれて、少女の手の中にめくるめくよろこびを放出した。
またあるときは、私のほうが眠ったふりをしたこともある。
おずおずと伸びてきた手が、ベルトを外す。
ボタンも外して、ファスナーを下ろす。
若い私は、そんなソフトタッチだけで勃起する。
パンツの前がこんもりと突き上がっているのを認めてためらう梨花子。
それでも勇気をふるって、パンツの上から硬度を確かめる少女の指先。

軽い接触に、すぐに反応して跳ねてしまうペニス。

そんなひくつきを、指先で楽しむロリータ。

ああ、私のおち×ちんで遊ばないでおくれ。

パンツの前開きから、引きずり出してほしい。

茎をこすって、赤剝けた亀頭（グランス）を舐め回してくれ。

そんな願いが届いたのか、パンツの前開きが拡げられてバネ仕掛けで跳ね立つもの。

少女の口から、軽い驚きの声が漏れて。

梨花子に見られている男性器は、汚らしくはない。

女性経験が数度しかないから、淫水焼けもしていない。

やや小ぶりなペニスは、茎部が肌に近い薄茶色。

もろ粘膜質の亀頭（グランス）は、きれいなピンク色をしている。

先端部が、鈴のように割れている。

下腹からそそり立った若い男性器が、少女の指とくちびるを求めている。

おそらくフル勃起したおち×ちんを眺めるのは初めてだろう梨花子が、元気にそそり立ったペニスを見て途惑っている。

どう扱えばよいのかわからずに、逡巡（しゅんじゅん）している。

私には、そんなためらいの時間さえ至福の時だった。

愛くるしい梨花子が、私の下腹部を見つめている。

それだけでもう、若い私は興奮しっぱなし状態だ。

目を開けたい誘惑と懸命に戦う。

興味と潔癖性の間で、相克(そうこく)する梨花子。

幸いなことに、私のペニスのきれいさが少女の決心を促(うなが)していた。

小ぶりなことも、ハードルを下げる要因になったかもしれない。

ともかく最愛の少女は、灼けた茎を握ってくれた。

冷たい手のひらと、しなやかな指の数本がまとわりついて、それで終わりだった。

期待に反して、ペニスを軽く握った指の輪は動かなかった。

まさか腰を突き上げるわけにもいかずに、私は待つしかなかった。

男の生理がわかっていない梨花子。

それでも、オナニーと同じように扱えばいいと思えないか。

おち×ちんがクリトリスだと考えて、自慰行為のリズムでこすっておくれ。

突然、嬉しいショックが筒先に走った。

海綿棒をこする代わりに、敏感な亀頭(グランス)が生温かな柔らかさに包まれていた。

勇気をふるって、梨花子がフェラチオをしてくれている。

そんな知識があるのかどうか、ともかく最愛の少女がペニスを口に含んでいる。

カリ首のあたりまでくちびるに覆われて、ぬめってざらついた舌が側面に当たって、それが梨花子のフェラだったが、その心地よさは半端ではなかった。

とびきり美少女におち×ちんを舐められる。

茎部を握りしめられ、赤剝けた肉玉がすっぽりとロリータの口中に収まる。

半粘膜の筒先に、愛らしい梨花子がむしゃぶりついている。

少女が動きを見せないのは、最前から興奮状態にあった私にはラッキーだった。

射精欲求の高ぶりが抑えられているうちに、私は少女のオーラルを堪能した。

おそらく羞恥心や潔癖性と戦っている少女の健気さを思うと、うれしかった。

私をよろこばせるためだけに、過激な行為をあえてしている。

おち×ちんを口に入れるなんて、普通の女の子でも抵抗があるに決まっている。

それをことさら潔癖な梨花子が、勇気を奮い立たせて実行してくれている。

いくら自分から動く気がなくても、指は多少のずれ動きを見せ、息苦しさの中で喉がひくついたり舌が巻かれたりするのまでは止められない。

その微妙なうごめきは、確実にこわばりの表皮に伝わってきていた。

おとなしやかでいて、濃密な快美感を伴ったフェラチオ。
万事に控えめな少女の、健気(けなげ)な口唇愛撫。
愛らしい梨花子が黒髪を振り乱しての、懸命なオーラル奉仕。
私はしっとりと生温かいロリータの口と指の中で、一気に高まっていた。

いつしかまみが向きを変えて、私のほうを向いていた。
ペニスとの接触も、クリトリスが重点的に当たるように調節されている。
まだV感覚が発達していないので、クリットのほうが感じやすいのだろう。
それならそれで、私も気持ちよくさせてもらう。
まみの手を引くと、私の胸に重なってきた。
おっぱいが柔らかく弾んで心地よい。
キスするには遠いので、少女が私の胸を愛撫する。
乳首を吸い、そこらを舐め回す。
この子は、男の肌を舐めるのが好きなのか。
私は勝手にさせておいて、まみのふくよかなヒップを逆づかみにする。
手前に押し下げるように腰を導くと、筒先が可憐な肉粒に当たる。

下から突き上げると、鈴割れに半分埋もれたクリットが剝き立てられる。

それはまみにとって、最高に気持ちいいかたちになっていた。

「あー、おじさんー、変になりそうー、なんていえばいいの」

「イキそう、イクイクって言うのさ」

「わかりましたー」

素直に答えた彼女だったが、冷静でいられたのはそこまでだった。

クリトリスへの刺激を強めると、途端に少女は高まっていった。

「あーイキそうぅー、ああー、イクイクぅー」

おさない少女には不釣り合いなエロいあえぎ声が、ずいぶんと悩ましかった。

「イクイク、イキますー、あああーおじさんー、イクイクイックウゥー」

動きを停止すると、まみが弾力のあるボディを痙攣させて絶頂していった。

クリトリスを激しくなぶられて、少女がアクメのうねりに突き上げられている。

体を硬直させながらの痙攣で、ヒップも上下に動く。

そのくねりで、過敏な肉芽が剝き立てられる。

「あー、またイクー、あーイクうー」

敏感さを増大させたクリットは、少しの刺激でも絶頂感に直結している。

これだけ気持ちよくさせれば、もう充分だろう。

私は最後の瞬間を迎えるために、まみといっしょに横倒しに倒れてさらに半回転する。

少女がおののき、私がのしかかっている。

ふくらはぎのあたりを肩に担ぐと、ふっくらボディの割には柔軟性のあるまみの体が二つ折りにひしゃげる。

ヒップを高く上げさせると、濡れそぼったクレバスが丸見えになっていたが、もうそこは射精をするためだけのパーツになっていた。

腰を乗せていくと、柔らかな肉割れにペニスの半分ほどが没する。

背中を波打たせると、肉棒の裏半分が大きくスライドしていく。

それはまみを相手の疑似セックスだが、私の脳裏は梨花子に占領されていた。

目をつぶって腰をせり出す。

処女孔も濡れそぼっているだろうが、この状態を保って運動を続ける。

代理となったまみには悪いが、私は何十年も前に遡(さかのぼ)って梨花子とセックスしている。

若い自分と、おさない梨花子。

十二歳の誕生日。

初めて梨花子のバージンホールに突っ込んだ記念日だ。

ああ、梨花子。

もう、出るよ。

おまえの体で、私の命を受け取ってくれ。

混乱の極致で、半没したペニスが何度も何度も代替のプッシーをすべっていく。

「あー、イキます、ああー、イクイク、イクうー」

まみの洩らすあえぎ声すら、今の私には梨花子のよろこびの声だった。

少女が体を硬直させようが、痙攣しようがおかまいなしに肉割れをこする。

どさくさまぎれにバージンを奪うこともできたが、今の状況も悪くはなかった。

思う存分に最愛の美少女と戯(たわむ)れた私は、代理ロリータのプッシーに精を放つ。

「あイク、あーイク、あーイクーっ」

悩ましいあえぎ声と共に、まみがエクスタシーに突き上げられている。

そのプッシーに向かって、官能の火矢がほとばしっていく。

激しい息づかいに上下する下腹にも、白濁したスペルマが快感といっしょに飛び散る。

若い頃の、全身の皮膚に電流が伝わるような官能美の中で、私はいつまでも快楽の余韻に耽(ふけ)っていた。

第四章　絶妙な小ぶりの乳房

月曜日の午後遅く、チャイムの音でドアを開けると、そこにはランドセルを背負った学校帰りらしいきらりの姿があった。黒いシャツブラウスにベスト、そして短いスカートの少女は、ふだんとはまったく違う雰囲気を漂わせていたが、それは髪が束ねられているせいだった。

いつもは艶めいて豊かな黒髪が、なだらかなウエーブにくねりながら肩甲骨のあたりまで垂れているのだが、今日のきらりはふたつに分けて束ねた髪を背中に垂らしているから、いつもは隠れている耳から頬の線にかけてが露出していた。

両サイドが黒髪に覆われていると、ふっくらと卵形に見えて優しげな表情が、うなじまでさらけ出してそのほとんどをあらわにしている今は、キリッとしてつんと取り澄ました色を見せていた。

その突き放したような表情は髪形のせいだけではなく、実際に少女は不満げなふくれっ面を見せていた。

「やあ、こんにちは、今帰りなの」

多少の不安を抱えつつ、平静を装って挨拶をする。きらりはニコリともせずに、ドアの内側に入ってきた。

おそらくまみとセックスまがいの行為をしてしまった件だろうと見当はつけたが、まさかこちらから言い出せる話題でもなかった。私の心配は昨日の不健全な交わりが、きらり一人だけで終わっているのかどうかだった。

まさかそんなことはないとは思うが、もしも母親にまでイタズラが伝わっているのならばおおごとだった。初老の私とまみとではあまりにも年齢差があり、そんなことが世間に知られたら大恥をさらすことになってしまう。

私の望みは、ひっそりと余生を過ごすことであって、今さら社会的制裁など受けたくはなかったが、後悔はしていなかった。

ひょんなことからブルネット髪の少女を救い、その日のうちにセックスしてしまっただけではなく、翌日にはおまけのように舞い込んできたふっくらボディのまみとまで疑似セックスができたのだから、満足でないわけがなかった。

心残りとしては、偶然隣室に越してきた魅力的なきらりの体を視姦できなかったことだが、いくら何でもそこまでは高望みというものだった。その代わりに、私は服を着たままの少女を目の前にして、想像の中でそれらを一枚一枚脱がしていった。

現実のきらりはあまりにも憤慨しているらしく、ふたつしかない部屋のあちこちをドタバタと歩き回っている。言葉で非難するには怒りすぎていて、かえって言葉を見つけられずにいるみたいだ。

私は少女の機嫌には頓着せずに、勝手に妄想の中で服を脱がせていく。

きらりは艶然と微笑む顔も可愛いが、今みたいに怒った表情もキリリとして捨てがたいものがある。

涼しげな目元がちょっとだけつり上がり、口元が引き締まって、フェラチオされたらさぞ心地よいだろう。

低くはないが、愛敬づいた丸い鼻がツンと上向いて、ふたつの鼻孔がエロい。

長い前髪が数本、まぶたと眉毛の中間まで垂れていて、うるさくはないのだろうか。

右と左に髪を束ねているので、愛らしい耳殻がもろに露出している。

斜め横を向いた耳は、単なる聴覚器官の外側のパーツにすぎないのに、これもまたエロチックだ。

複雑な曲線を見せる内側の凹凸も、奥へと続く黒い耳の穴も激しくそそってくる。

耳の下から顎にかけてのカーブも、耳の後ろからうなじ、肩へと連続する肌の曲線も悩ましい。

喉首がシュッとして、か細いうちにも強靭(きょうじん)さを感じさせる。

ああ、実際に目に見える頭部だけでもこんなに時間をかけて分析していたんじゃ、いつまで経っても服を脱がせられないぞ。

歩き回っているきらりのシャツブラウスが、いきなり消失していた。

少女の上半身は、短いベストをまとっているばかりだ。

きらりの胸元がおへその上までさらけ出されているが、乳首はかろうじてベストで隠されている。

絶妙な具合で外側半分が覆われているものの、少女の内側の半乳が描く優しいカーブは隠されていない。

胸の谷間も、あるかなしかで存在している。

十二歳少女の微妙なふくらみ具合を見せるおっぱい。

高さは不足しているけれど、ほんわかと盛り上がって主張しているおさない乳房。

柔らかそうな白い双丘。
乳首が見えないぶんだけ、よけいに強調されている官能曲線。
透き通るような白い肌が、呼吸と同じリズムで上下する。
唐突に、短いスカートが落ちる。
少女はショーツを穿いていない。
丸見えのお尻。
解放された秘密の場所。
スリムな太ももと愛くるしい膝頭、そして素敵なひかがみ。
裸足の足先を彩る可憐な足指。
心細く膨らんだくるぶしが左右に四つ。
引き締まった足首と、筋肉質のふくらはぎ。
歩くのにつれて、悩ましく揺れ動く尻丘。
無毛の下腹。
すべらかに白いおなかの最下部に、くっきりと刻み込まれている縦ミゾ。
ロリータの秘密の花園。
きらりのおま×こ。

未成熟でいて男を誘い込む神秘の沼。
おしっこを噴出するピンホール。
蜜に濡れそぼってひかり輝く媚粘膜の肉谷。
ベストも消し飛んで、全裸のきらり。
丸見えになる、形よく盛り上がった乳房。
可憐にせり出した乳頭を守るピンク色の乳輪。
健康的でいて悩殺してくる肩甲骨のうごめき。
背中の湾曲とヒップの横への張り出し。
そんな究極の初々しさを見せる少女の裸体が、あおむけになって私を誘惑する。
広げられた両足の間に、鮮やかに縦走るおさないクレバス。
何もせり出していない、シンプルすぎるプッシー。
女性器へと熟す途上のきらりのおま×こ。
私は少女の清らかな鼠蹊部に頭を突っ込んでいく……。
「おじさんたら、聞いてるの、私怒ってるんだからね」
妄想の世界から、現実へと引き戻される。どうやら本人を目の前にして、白昼夢の世界をさ迷っていたらしい。

「まみちゃんにばっか、そんなことしてあげて、ずるいよ」

事態は私が不安に思っていたより、いい方向に進みそうだった。だとすれば焦ることはなく、少女の出方を待つのが良策だった。

「まみちゃん家は事情があるから、気持ちはわかるけどね」

きらりが語った事情によれば、母子家庭の中に入ってきた母親よりも若い男が、いつの間にか居座って内縁関係になったらしい。それくらいならどこにもある話だが、どうやらその男はまみの体に興味があるらしく、理由をつけては接触してくるので、彼女はなるべく義理の父親に当たるその男と二人きりにならないようにしている。だが、母親の目を盗んで犯されるのは時間の問題なので、かなり自棄になっているとのことだった。

どうりで家に帰る時間を調整したり、かなり積極的に体を開いてきたりしたはずだと納得したが、そうだとすれば最終段階までいけるかもしれないと期待を抱かせるには充分な情報だった。

まみのふっくら体型も捨てがたいものがあるが、やはり私はきらりのスレンダーなボディのほうにより強くそそられていた。いかにも少女っぽい肢体は、服を着ていても魅力的なのだから、裸になったらどれほど煽情的かと思うと、足の付け根で何かが跳ねる感覚があった。

「でも今くらいの歳なら、セックスじゃなくて、オナニーで楽しめば」

単刀直入に切り込むと、きらりが身を乗り出してきていた。

「オナニーって、いまいち感じないのよね。どこか、異常かしら」

話の進み具合がよい方向に向いていったが、きらりは一筋縄ではいかなかった。

「自分で判断できないなら、おじさんが診察してあげようか」

少女は一瞬、疑わしげな視線を送ってきた。

「そう言って、まみちゃんも裸にしたんでしょ。おじさんのエッチ」

その逆襲は、予測していなかっただけにきつかった。私が好きな女の子の前でしどろもどろにならずにすんだのは、きらりの言葉に救われたからだった。

「でもいいよ、あの子はあの子、私は私だもの」

単純なようにも、意味深長なようにも取れる言葉の中に、どれほどの少女の真意が含まれているのか測れなかった。少女の口先で踊らされている私は、黙って次の託宣(たくせん)を待つしかなかった。

「おじさん、私のこと、好き？」

「はい」

「わたしと、どうしたいの？」

「キスしたいです」

年下の少女に、なぜ敬語を使っているのだろう。

「セックスは？」

「まだ、今のところ、そこまでは……」

きらりが首をかしげて考えている。私は彼女のオーケーを待つ。

「じゃあ、また今度ね」

私の顔にあからさまな落胆の色が出たのだろう、きらりが指さして笑った。

「わーい、引っかかると思った」

ああ、初老なロリコンの純情をもてあそばないでほしい。そうは思ったけれど、まさか怒るわけにも、ましてや泣くわけにもいかなかった。あまりにもショボンとしてしまった私を憐れんで、きらりがうれしい提案をしてきた。

「服は脱がないけど、キスだけならしてもいいよ」

心の内で快哉を叫んだ私は、少女の手を取って六畳間に行った。タンスを背にして座った私の投げ出した両足の上に、きらりが横座りに乗ってきた。

細くてしなやかなウエストに手を回すと、少女が上半身をひねっていた。
こんなに間近にきらりと相対するのは初めてなので、なんとなく気後れする。
真剣な状況なのに、危うく笑ってしまいそうだ。
かろうじて笑いを封じ込めた私は、少女の腰を引き寄せる。
おとなしく上体を寄せてきた少女は、うっとりとまぶたを閉じている。
くちびるを重ねる。
最初はソフトに、ただ軽く押し当てるだけで我慢する。
キスともいえない、軽すぎる接触だが、そこには性電流が走っている。
ビリビリと股間を直撃する、ロリータの聖なる交流電気だ。
おいしい弾力。
頼りなく柔らかいようでいて、素敵に弾み返してくるくちびる。
小さくふっくらとしたくちびるが、軽い圧迫で少しだけへこんでいる。
少女が顔をまっすぐにしたままだから、私のほうがかなり頭を傾けている。
くちびる同士が斜めに当たって、わずかに開いている。
乾いたところと、しっとりと濡れたところが区別できる。
冷たいようで、温かいようで、不思議なキスの心地。

ずれ動きもしない接触面。
彫像のように固まったふたり。
十二歳少女との、静かで熱いベーゼ。
初老の私と、小学六年生の女の子との不純な行為。
根こぶのあたりで激しく渦巻くエネルギー。
ズボンの中で勃起していく肉ホース。
おしりを突き上げられているはずなのに、冷静を装うきらり。
いつしか少女の腕が首に巻き付いてきて、頭が傾いていく。
強く押しつけられて、開いていくくちびる。
何を要求してか、身もだえする少女。
素敵な弾力の下くちびるを、上下に唇で挟みつける。
顔を横にずらすと、ソフトに接触したくちびる同士もすべっていく。
きらりが感じている様子なのが、私にもうれしい。
上くちびるを同じようにこすると、太ももに乗った体が震える。
鼻孔から洩れる甘いうめき声。
半開きの口からこぼれてくる、少女の熱い吐息。

それらに触発されて、のぼせ上がっていく。
おさない黒髪少女の全身を撫でさすりたい。
着衣の上からでもいいから、胸もおしりもあそこも撫で回したい。
ソフトなわりには、私を激しく逆上させてくれるロリータとの甘い口づけ。
舌も入れていないのに、たまらなく甘酸っぱいきらりとのキス。
左手で背中を支え、右手をそうっと少女の太ももに置く。
しっとりと水気を含んだきらりの肌。
乾燥気味な私の手のひらでもわかる、若い皮膚の水分量だった。
短いスカートからすらりと伸びた生足の初々しさ。
小学生の太もも。
女の子の素肌の素晴らしさ。
柔らかさの中に秘められた弾力性。
むっちりと肉が付いていながらも、すんなりと細い少女の太もも。
少女が抵抗しないので、右手を足裏に回してひかがみを探る。
両サイドの腱と、真ん中の控えめな盛り上がり。
確かなふくらみは、筋肉質の証(あかし)。

手のひらに収めると、ゴツゴツした部分とふっくらした部分が調和する。

セックスにはいっさい無関係なのに、ひかがみを触っていると興奮する。

幅広にした舌で舐めこすりたいが、今はできないからお預けだ。

さすがにスカートの中に手をすべり込ませるのは気が引けるから、その代わりに胸のほうにすべらせていく。

ベストの内側に忍び込ませた右手が、ブラウス越しにおさないふくらみを捉えた途端にピシャリ。

少女の手が、私の手を叩いた。

「そこはだめ、キスだけって約束でしょ」

私が先走ってしまったせいで、一気に醒めていくムードだ。

一瞬気後れしたが、あまりにも高まりすぎた性レベルが私に勇気を与える。

「じゃあ、胸にキスするならいいの」

そんなことを考えてもいなかった少女は逡巡する。

「だって、私のおっぱい、小さいもの」

あと一押しを頑張る。

「くちびるのキッスよりも、胸でのほうが気持ちいいらしいよ」

ああ、なんと狡猾なロリコンじじいであることか。

「そうなのー」

哀れにも罠にかかってしまうきらり。

「すこしだけ、試してみようかな」

気が変わらないうちに、シャツブラウスのボタンを外す。

おとなしく、されるがままになっているきらり。

その目には、恐怖心よりも期待の色のほうが濃く宿っている。

前をはだける寸前の状況に、私の期待も高まる。

上半分ほどボタンを外したシャツの前を広げると、きれいな乳房が露出する。

乳房と称するにはあまりにも小ぶりな、二つのふくらみ。

ミニチュア版のおっぱい。

胸元から優しい曲線を描いて盛り上がる白い双丘。

哀れなほど低い乳房だが、ちゃんと乳輪も乳首も存在する。

未発達なおっぱいの真ん中には薄ピンクの乳輪が控えめに広がり、さらにその中心には可憐な乳頭がピコンとせり出している。

そんなおとなの乳房を単純にサイズダウンしたようなのは、左側だけだった。

不可解なことに、右のおっぱいのてっぺんには一本の切れ込みがワンポイントで刻まれているばかりで、あるはずの乳首がなかった。

それは感動的な発見だった。

常にこの状態なのか、それともキスに興奮して左だけ突出したのかわからないが、ともかくも薄桃色の乳輪に陥没した乳首は新鮮なエロスを発散していた。

半球をさらに半分に横割りした程度の未熟な盛り上がりの肌の、中心にせり出す乳頭と切れ込み。

柔らかなカーブで控えめにふくらんだおっぱいは、脂肪がいくらか厚めに付いたようにも見えて悩ましい。

小さなロリータおっぱい。

まだまだ生育途上の、未完成な乳房。

せり出した乳首と、陥没した乳首との取り合わせの妙。

胸の谷間が広くあいているのは、まだふもとが広がっていくからだろうか。

それともその場所で、あとは高くなっていくだけなのだろうか。

きらりの生おっぱいを見て感動した私だが、胸をさらけ出している少女はあまりもの羞恥心に身をよじっている。

行動に移る必要に迫られて、少女の左の乳房に優しく吸いつく。
「あ」
美少女の口から、短いあえぎ声が洩れる。
小さい広がりの乳輪だけを唇に収めて、ポッリと生意気にせり出した肉粒をこする。
舌の先っぽで軽くなぎ倒しただけでも、少女の体に震えが走る。
過敏な乳首と、感じやすいきらり。
今は本当に愛情を抱いている、偶然にも隣室に越してきてくれたきらり。
私は感謝の念を込めて、口を大きく開いて、小ぶりなおっぱいの全部を吸い込む。
「あ、あー」
口中に広がる、優しい弾力性。
しっとりと冷たい、美少女の胸のふくらみ。
幅広にした舌で、てっぺんの回りを一周する。
ぐるりと動いていく舌のどこかしらに当たっている、可憐な肉粒の感触がある。
舌を真上で止めると、舌裏に嬉しい異物感。
ふだんは気にもとめない舌の裏側が探り当てる、美少女の謎の一部である。
レロレロと横に揺らすと、敏感な肉粒への刺激にのけぞる少女。

「あーおじさん、こんなキスって、反則ですー」

そうは言っても、少女の両手が私の後頭部で力を増していく。

どさくさまぎれに左手で陥没乳首のおっぱいを包んでいく。

今度はぴしゃりとこない。

なんと柔らかで、なんと優しいふくらみ。

手のひらに弾み返してくる、不確かな抵抗感。

指の先までは届いていない、小ぶりで可憐なロリータの乳房である。

ひとつを手のひらで愛撫し、もう一方を口に含む。

その置かれた状況で、従順に反撥してくるきらりのおっぱいが愛おしい。

息を吸い込んで、臨時の真空状態にすると、細まって口中にすべり込んでくる。

柔らかく伸びて、不安げに変形する左の乳房。

そして右の乳房は、手のひらに押されて少しだけつぶれている。

細く高くなったり、低く扁平になったりと、さまざまな要求に応じる無抵抗なきらりのおっぱいが好きだ。

確かにキスの範疇は逸脱しているが、少女がよろこぶなら何でもしてあげる。

中途半端に邪魔をしてくるシャツブラウスがうっとうしい。

空いている手でボタンを外し、ベストといっしょに肩からすべり落とす。

華奢な骨組みに、最小限の皮下脂肪、そして透き通るような白い肌。

少年みたいな体つきの中で、唯一の例外が胸のふくらみ。

かすかに脇腹のアクセントになっているあばら骨。

それにしても素敵な、生意気に盛り上がったふたつのおっぱい。

柔らかいながら固く締まってもいて、ソフトで弾力がある矛盾したさわり心地のする双丘。

上半身が完全に裸に剝かれたことで、きらりの関心が胸から離れたらしい。

「おじさん、女は全身がせいかんたいって本当なの？」

実に素朴でいい質問だ。

「そうだね、ただし上手に開発されたらね」

きらりが考え込んでいる。

私は少女の意思を尊重して待つ。

「いやじゃなかったら、開発してください」

いやどころか、こちらからお願いしたいくらいです。

「それなら、そこに寝そべってごらん」

敷き布団を出す暇がないので、ひとつだけある座布団を指さすと、少女は意外と素直にその上に腹ばいになった。

いきなりあおむけよりは抵抗が少ないだろう、との計算が功を奏したらしい。

真っ白な背中から、太く束ねられた髪が左右に流れ落ちている。

可憐な肩甲骨が、わずかに浮き上がっている。

背骨に沿って、低いくぼみが走ってスカートに消えている。

細いウエストの途中からスカートに隠れているが、見えない部分では急に張り出していて、お尻の豊かなボリュームを物語っている。

髪の分かれはじめているあたりのうなじが、奇妙にも色っぽい。

数本の後れ毛が散らばっているのが、よけいにうなじの白さを際立たせる。

肌理（きめ）細やかな少女のバックは、いつまでも見ていられるほど魅力的だったが、本来のお願いに戻らなければならない。

自分がヘンタイだと思われないために、開発する場所を事前に申告することにした。

「最初に、首の後ろをチェックするよ」

ロリータの体を自由にできるならば、悪魔に魂を売っても惜しくない気分だ。

数本のほつれ毛が残る白いうなじに唇を落とすと、肩がピクッと震える。

敏感な子だ。

ベロベロと舐めしゃぶりたいが、今のところは我慢しておく。

肩から二の腕へと、唇をすべらせていく。

肘から手首まで軽く愛撫しても、こちらは反応がない。

本当は指の全部を口に入れて、思う存分に吸い立てたいが、こちらも我慢する。

いくらか筋肉は付いているものの、頼りなく細い腕を伝い上がって脇の下に達する。

少女と同じように腹ばいになった私は、腕の付け根に頭を突っ込む。

脇毛なぞ生えているはずもない、すべらかな腋窩（えきか）である。

秘密の部分ではないけれど、かなり見えにくい神秘の内扉。

性的には関連性がないのに悩ましいエロジェニックゾーン。

けれども魅力的な脇の下は、うつ伏せ状態では愛撫しにくい角度だった。

少女の肘を持ち上げると、脇の下が斜め上を向く。

身を乗り出してそこに吸いつく。

予想もしていなかった場所にキスされて、きらりは抵抗しようとする。

キスだけで終わらずに、幅広になって舌が全面にせり出していく。

固く締まった肌感覚が、柔軟な舌面をすべり動いていく。

初めて舐めしゃぶる少女の脇の下は、たまらなくおいしい。

腕のほうにいく血管や神経叢が集中している腋窩は、過敏なパーツらしい。

上半身を斜めにひねったきらりが、窮屈な体勢で体をひくつかせてあえぐ。

そんな場所を愛撫されて感じるのは恥ずかしいと、懸命に声を押し殺す。

その表情は見えないが、今のところまではいやがっていない様子だった。

少女の脇の下は最高のごちそうだったが、何度も責めていれば感激も薄らぐ。

舌を収めて、脇腹をこすり下がっていく。

ソフトな唇のタッチに、腹筋がひくつく。

くすぐったい感覚と、性的興奮との違いが判然としないまま、きらりがこらえきれずにうれしいあえぎ声を洩らす。

「あー、おじさんー」

おさないきらりは、おんなのよろこびを言い表す言葉を知らない。

それでも少女の心地よさは、充分に伝わってくる。

「また、おっぱいを」

うつ伏せのままで、少女の両腕を突っ張らせる。

腰から上が弓なりにカーブして、胸の下に空間ができる。

少女の望みどおりに、あおむけの頭をすべり込ませていく。

不思議なことに、ふたつの乳房がボリュームを増している。

下向きになっていることで、おっぱいが大きく見える。

二人の位置関係による目の錯覚かもしれないが、立派な興奮材料だ。

腹筋を利かせて乳房にむしゃぶりつくと、きらりの口から感に堪えないような切ない吐息が洩れた。

そこに含まれる、気持ちよさだけではない不思議な感情。

「赤ちゃんにおっぱいあげるような、すごく変な気持ちです」

こんなにもおさない少女に、母性本能があるものなのか。

性的指向しかない私は恥じ入るばかりだが、今さらやめられない。

真横からすべり込ませた頭が、やりにくさに戸惑っている。

手前のおっぱいをしゃぶれば額にもうひとつがぶつかり、先のほうを口に含めば残されたほうがおざなりになる。

尻と足でずっていった私は、少女の下から潜り込む。

さして重くもない全体重が、腰から腹にかけて乗っかってくる。

うれしい重みだった。

いかにもロリータ盛りの、ちょうどよい体重である。
まだ腕を突っ張っているきらりのおっぱいを、頭を振って交互にしゃぶる。
ちょうどよい小ぶりさと、素敵な弾力が口中に広がる。
吸い立てると、口の中に向かって伸びてくる。
ぽつりとしこり立った乳首が、生意気にも存在を主張する。
いつの間にか、陥没していたほうの乳頭もせり出してきていた。
ピンクに発色した乳首と乳輪、そして控えめなカーブで盛り上がるふたつの丘。
口いっぱいに含んでおいて吸い立てると、美少女のエキスが滲み出る。
ミルクではない、純粋にきらりの皮下脂肪から分泌される体液だ。
スカートの中に両手をすべり込ませて、お尻のふくらみを手のひらに包む。
乳房愛撫に気をとられて、少女はヒップを触られているのに気づいていない。
気づいているにしても、胸への刺激に神経がいってしまっている。
「ああ、自分がお母さんになったみたい」
あまりにも母性を覚醒させると、望まない方向にいってしまうかもしれない。
私は魅力溢れる胸乳を離れて、頭をのけぞらす。
「ほかのところも、キスしてみるからね」

顔を斜めにして、喉首に吸いつく。
反応が鈍い。
少女の体をずり下げておいて、耳たぶを甘噛みする。
「あ、くすぐったいー」
肩をすくませた少女は、もう腕を突っ張ってはいない。
しなやかな体を抱きしめて半回転すると、少女が下になっていた。
体重をかけないように肘を突いて、耳たぶを軽く噛む。
「くふっ、くすぐったいって言ってるのに」
言葉ほどはいやがっていないいきらりの耳たぶを、口に含んでしゃぶる。
弾けるような柔らかさ。
ふっくらとした耳たぶはほんの少しで、あとは軟骨みたいな耳をしている。
味が付いているはずもないのに、たまらなくおいしい耳たぶだ。
未練を残しながらも、唇をずり下げていく。
頰から首筋までソフトなベーゼ。
鎖骨の感触で、動きが止まってしまう唇。
硬い骨が皮下で描く絶妙な曲線美。

水が溜まりそうな、妙なるくぼみ。

食欲までをもそそる、硬軟取り混ぜた少女の胸元のごちそうだった。

見ただけではわからない、素晴らしい触感。

キスだけでは物足りないが、ペロペロと舐めしゃぶるのもはばかられる微妙なパーツである。

くちびるでの愛撫による、新しい発見と驚きの連続だった。

魅惑の胸丘を迂回して脇腹に移ると、くすぐったさに身をよじるきらり。

その掻痒感が、少女の気分を冷ましてしまった。

「おじさん、ありがと、もういいわ」

そんな殺生な、せめてもう一度おっぱいを。

切実な願いも叶わず、美少女は立ち上がって服を着直している。

置いてけぼりを食った、ズボンの中の硬直。

「今日のことは、ママには内緒だよ」

「今度は、いつ？」

「わかんない、また気が向いたらね」

少女はいつでも気弱な少女愛好者には残酷だ。

「まみちゃんが今度、本気で相談に来たいってさ」

あっさりと帰ってしまったきらりのスレンダーな肢体の素晴らしさを堪能してしまった今は、まみのふっくら体型には魅力がなかった。それに面倒なことには、関わり合いたくもなかった。

私はただ、隣の美少女と不純な行為をしたいだけだったが、友だちのまみを邪険に扱えばきらりを不機嫌にする恐れがあった。

現に今日の始まりも、少女が怒って怒鳴り込んできたからであって、なだめすかすのに苦労したことを考えると、友だちの相談に乗らないわけにもいかなかった。

私は興奮のピークですっぽかされたのと、苦手な相談が持ち込まれそうなのとで、二重の憂いを抱えて悶々と時を送っていった。

第五章　おさない粘膜

憂慮していたいざこざが起こったのは、木曜日の夜のことだった。

ひとりの夕食を終え、食後酒に薄い水割りを飲んでいるところにチャイムが鳴った。

ドアを開けてみると、そこには息をはずませたまみが立っていた。

「どうしたの、こんな夜に」

「おじさん、早く鍵を」

いきなり入ってきたまみは、恐怖におびえているようだった。とりあえず玄関をロックすると、少女はやにわに抱きついてきた。私は手を回さずに待った。

風呂上がりらしいが、よほど急いで走ってきたらしく、顔一面に汗の粒が浮かんでいる。

やや落ち着きを見せたまみは、順序を前後させながらもいきさつを語った。

最初はいい人を演じていた母親の彼氏は、慣れてくるに従って横暴さを隠さないようになり、この頃では暴言や暴力も振るうようになっていた。

それと同時に多少は遠慮していたまみへのイタズラもエスカレートしていって、もう無理やりに犯されるのは時間の問題となっていた。母親はほとほと愛想を尽かして、別れ話を切り出したところ、男がキレた。髪を摑まれて殴る蹴るの暴力を受けながら、母親が必死になって娘を逃がしたので、どこにも行く当てがない彼女はここに来た、というわけだった。

ずいぶんと面倒なことを持ち込んでくれたなとは考えたが、とりあえずは懐に飛び込んできた獲物をいただくのが先決だった。私がシャワーを勧めると、まみはすぐに承知したが、それには怖いからいっしょに入ってくれとのうれしいおまけ付きだった。

裸になっていっしょにシャワーを浴びると、今さらのようにまみはおとな体型だった。Aサイズの女性よりも大きいだろうと思えるふたつの乳房も、横に立派に張り出してボリューミーな臀部も成熟していて、子供らしさを残しているのは唯一、充分にあどけなさを漂わせる顔つきくらいなものだった。

一度その熟したボディを味わっているせいか、全裸少女を前にしてもあまりそそられず、股間の肉ホースもわずかに血流が起こった程度で完全勃起にはほど遠い状態だったが、私は悲観してはいなかった。

この前の続きから始めるとすれば、今夜はかなり過激な行為まで期待できるからで、フェラチオまでさせれば勃たないはずはないと思えるからだった。

そんな余裕の風呂場で、一番の関心をそそるのはまみのアナルだった。まだ間近に見たこともなく、味わったこともないロリータアナルは興味深かった。

背後に回ってしゃがんだ私は、むっちりと張り出したお尻に石けんの泡をなすりつけ、丁寧に洗っていった。

背中から始まる浅いくぼみが、左右の尻丘が豊かになってくるに従って谷間を深めていって、最後の秘密を隠し通しているところが悩ましい。

白い臀丘をよほど割り拡げなければ、少女の肛門は見えない仕組みになっている。まみの背中を軽く押すと、バスタブの縁に両手を突いてお尻がせり出してくる。泡だらけの指先をすべり込ませて、ぷっくりとふくらんだ肛門の感触を楽しむ。

細かい皺を伸ばすようにしてアナルの周囲を洗うと、その中心部にかすかに吸引力を働かせているようなすぼまりがある。静かに小指を挿入すると、石けんの助けを借りて意外にスムーズに潜り込んでいく。

第二関節まで埋まったあたりで、急にきつくなっているアスホール。動きを止めてみると、内部がヒクヒクと不随意に収縮しているのがわかる。

「そこは、お尻の穴ですけど」

まみの声にゆとりがあるからには、まだ痛みは感じていないらしい。肘から先を回転させていくと、肛門粘膜をかきむしって小指がすべる。途端に訴える少女。

「おじさん、そこは破れそうで危ないよ」

それは少女の本音に違いないと共感する。膣ならば生理の手当でタンポンなどを挿入する場合があるが、肛門はまともな人間ならばいじりはしないパーツだから。

少女を不安にさせるのが目的ではなく、そこを清潔にしてあとで舐め回そうとの魂胆で始めたことなので、直ちにロリータアヌスから撤退する。そして肌冷えた少女の全身に、温かな湯をかけていい気持ちにさせる。

先に出た私は、六畳間に布団を敷いて待った。もう夜だから、少女も抵抗なく寝床にすべり込んでくるという確信もあった。

バスタオルを胸高に巻いたまみが、布団にすべり込んできた。肌がしっとりと濡れているが、布団が湿るなどと心配している場合ではない。腕枕の私に、すぐにしがみついてくる性熟少女。

「わかった。今日は助けてくれてありがとう、先生」

まみはすっかり安心しきっているが、今夜の主導権を握るにはもう少し恐怖心を与えておいたほうがよさそうだった。

「まさかそいつは、ここの場所は知らないだろうね」

「うん、ママにしか教えてないから」

「じゃあ、危ないな、殴られて白状しちゃうかもしれないし」

「ええー、先生、怖いよー」

「大丈夫、先生が君を守ってあげるから」

この一言で、充分に義務感を与えられたはずだった。

相手の親切に対してお返しをしなければと思い込ませることができたと思う。いずれにしてもセックスができれば私に不満はない。

「お礼にもならないけど、この前の続きを」

大人びた体つきをしていても、考え方はおさない女の子のままなのが可愛い。

「おじさん、ありがとう」

私はすぐに注文をつける。

「先生って呼んで」

自分の体なんか、お金を払ってでも自由にしたいと思う男がいるなんて想像もしないから、お礼にもならないなんて謙虚な言葉が出てくる。

中学生にもなると、体どころか下着まで売れることがわかってきて、こんなへりくだった態度をとらなくなるから、今の時期の少女は貴重な存在だ。

続きから始めればよいのであれば、前戯など時間の無駄だ。

掛け布団をはねのけ、少女のバスタオルを剝ぎ取る。

観念したかのように体を伸ばしている、ふっくら体型のロリータ。

どうにでもしてくれと覚悟を決めているのだから、焦る必要はなかった。

私は腰にバスタオルを巻いたままで、横様から少女の体を撫で回していく。

手のひらに吸いついてくるような、しっとりと水気を含んだ皮膚だ。

極端ではないものの高低差を描くカーブが、丸みを帯びて優しい。

まみの全身をソフトに撫でさすりながら、どうしてもきらりと比べてしまう。

しゅっとした顎や鎖骨のくぼみ、片方だけ陥没した乳首や無毛のビーナスの丘などが思い起こされるが、それはまみに対して失礼だと考えてあわてて打ち消す。

隣の美少女と比較しさえしなければ、まみも魅力的だ。

大人並みのボディを誇っているが、なんといっても現役の小学生である。

そのシャワー上がりの肢体が、みずみずしくないはずがない。

柔らかかったり固締まったりする体を撫でながら考えても、過激で煽情的な絡み合いが思いつかなかった。

普通のやり方より、もっといやらしくて変態チックな行為をしても許される場面なのに、私には逆向きに重なり合うという程度のことしか思いつかなかった。

全裸でのシックスナインもそれなりに刺激的だと考え直した私は、あらためて少女の枕元に移ると、顔同士を真逆にしたキスを仕掛けていった。

顔を反対に重ねてのキスは、鼻が邪魔にならなくて都合がいい。

口を軽く開くと、少女も同じように応じる。

舌を差し込んでいくと、まみのほうからも舌がせり出してきていた。

舌の表面が広い範囲で重なり合ってすべるのが、新鮮で官能的だ。

けれどもこの年頃の少女は、ベーゼでは興奮しないのはわかっている。

すぐに体を伸ばしていって、見事に盛り上がった乳房の頂(いただき)に吸いつく。

一方の乳首を、指でひねくる。

弾み返してくるような柔らかさの乳房を指を立てて握る。

哀れなほどに変形した少女のおっぱいが、原形に戻ろうとして反撥する。

きらりとまみとでの扱いの違いは、どこから来ているのだろうか。

そんな疑問がふと頭をよぎるが、すぐさま不純交遊に戻る。

少女が懸命に真似をして、私の乳首にむしゃぶりついている。

男のそこは、残念ながら女性ほどには感じない構造になっている。

さらに上体をずらしていって、プッシーを舐めようとして肛門に思い至る。

どうして忘れていたのだろうか、風呂場であれほどそそられて丁寧に洗っておいたのに、すっかり失念するとは。

小学生の女の子の肛門を舐められると思うと、もう他のパーツは眼中になかった。

そしてアナル舐めを十二分に堪能するには、逆向きに重なる体勢は不向きだった。

私は少女の足元に回って、いきなり両足を肩に担いだ。

「あ、おじさん、じゃなくて先生、どうするの？」

後頭部と両肩だけを布団につけ、あとの体をすべて持ち上げられたまみが、さすがに不安げな声を洩らす。

「大丈夫だから、先生に任せておきなさい」

「はい」

こんなにも素直な少女を、邪悪な情念に炙(あぶ)られるがままに毒牙にかけるのも哀れだが、その結論はとっくに出てしまっていた。

ふくらはぎを肩に担ぐと、清らかな肛門が天井を向いていた。

深い尻谷の奥に保護されていたアヌスが、電灯の光に照らされて暴かれている。

わずかに色素沈着を見せるだけで、どこまでも清楚な排泄器官だった。

妖しいすぼまり。

心なしかひくついて見える、淫靡な小ホール。

まみのお尻の穴は、全体に女性っぽい成熟を見せる体の中では異例に可憐だった。

おとな顔負けのボリュームを持つヒップだが、その谷底に隠しおかれた肛門は小づくりでおさなかった。

先ほどの風呂場で初めて異物挿入の洗礼を受けたアスホールは、清らかなままで谷間にたたずんでいる。

苦しげな体勢の少女の体の真下に顔を埋めると、そこにすぼまりがあった。

くちびるに当たる肛門は、少しだけ盛り上がって細い皺を刻んでいる。

舌先を伸ばすと、穴の中心部に異物を吸い込もうとしている小沼があった。

そこはまみの未開発ゾーンだったが、私は奥までベロで探る気が起きなかった。

アンヌのときにはあれほど夢中になって、肛門粘膜まで舌で開拓したのに、まみの尻穴ではそれほど情熱的にはなれなかった。

少女の体を布団の上に戻し、さらに裏返していくと、ヒップのふくらみ加減が絶妙だった。

肛門に焦点を絞るよりも、ふたつの尻丘として見るほうが魅力的だった。

アナルが隠れたことによって、淫靡さに代わってエロさが増したようにも見えた。

不思議な弾力のお尻を鷲づかみにする。

指先が食い込んで、悩ましく変形する白い肉の丘。

揺らしてみるとたぷたぷとした波が、狭い範囲にだけ伝播(でんぱ)していく。

筋肉と皮下脂肪とのちょうどよい配合。

安心感まで引き起こす、心地よいつかみ具合だった。

とっくにバスタオルを落としていた私は、そそり立ったペニスを尻谷に挟む。

少女の背後からのしかかり、豊かな尻丘に灼けたこわばりを沈ませる。

射精が目的ではないから、腰もひくつかせずにじっとしている。

そのくすぐったさに、まみのほうが根負けしていた。

「この前みたいに、私を上にして」

あおむけになった私の腰に、馬乗りになるおさない女の子。

不純どころではない、背徳の体位である。

こわばりをスリットに受け入れると、少女の腰がすぐに妖しくうごめきはじめる。

半分だけプッシーに溺れたペニスの裏側が探る、媚粘膜の感触。

腰だけがくねるなかで、微妙な縦揺れを見せるふたつの乳房。

のけぞったまみの白い喉首。

こわばりがバックに逸れてしまいそうになるほど腰が前に来ると、今度は完全に露出してしまうまで少女のヒップが後退していく。

天井を向いたペニスをなぎ倒すように襲いかかる秘肉のクレバス。

何度も何度も摩擦し合い、こすれ当たっては密着していく互いの性器。

繰り返されるスラストの中に、濃密に込められた快楽へのメッセージがある。

蜜まみれのエロジェニックゾーンと、硬い男性器との甘い摺動（しゅうどう）。

そのかたちはまみのトリガーになっているらしく、すぐにあえぎ声が洩れはじめた。

「あー先生ー、もう、もう、イキそうですー」

まみは自分で当たり具合を微調整している。

ストロークが短くなり、その代わりに肉粒が重点的にこすれ当たってくる。

カリ首のわずかな段差を巧みに利用して、快楽を増大させていく可憐なクリット。

集中して摩擦される過敏な陰核。

そしてふたたび腰が大きく前後して、全体が擦過していく。

「あーイキそおー、ああーイキそおぉー」

絶頂が近そうだと見てとった私は、初めて下から腰を突き上げていく。

単純なこすれ合いに、唐突に加わった突き上げ効果は大きかった。

予期しない力が予期しない方向から与えられて、おさないプッシーが震えた。

ふっくら体型のまみが声を飲み、私の腰で体を硬直させる。

うっすらと汗ばんだ肌が、小刻みに震えている。

その震えが徐々に大きくなると、本格的な痙攣に移っていった。

「あイク、あーイク」

単純な言葉の繰り返しに、快美感の深さが表れている。

大きな息を吐いて力が抜けた少女のプッシーに向けて、ペニスでの斜め上攻撃をする。

「あーイクうー」

動きを停止すると、硬直したボディの震えが伝わってくる。

呼吸が正常に近く戻ると、すかさず第二のアタックを加える。

「あイク、あイク」
悩ましげな吐息混じりの、おとなっぽいあえぎ声。
まみはもう、上体をも支えきれずに私の胸に倒れている。
当たり加減の異なったおさないクレバスを、自分のペースでこすり立てる私。
「……」
声もかすれて聞き取れないが、少女は何度も絶頂する。
さすがに疲労を覚えて小休止した私の上で、まみは安らかな寝息を立てる。
眠ってしまったのなら好都合だ。
好きなようにイタズラしまくれるから。
少女を目覚めさせないように、そっとあおむけにする。
改めて見下ろす、小学女子の全裸体。
お飾り程度の恥毛と、もっこりとふくらんでいる恥丘。
半開きの淫裂から覗く、愛蜜まみれのラビア。
息づかいと共に小さく上下する、子供らしからぬ豊かさのふたつの乳房。
薄ピンクに染まる、やや汗ばんだ肌。
未完成な成熟度を見せる裸体に重ねたペニスをしごく。

密着させていないからこそ、それぞれのパーツを犯しまくるみたいな錯覚がある。

少しだけ開いたくちびるも、おっぱいもへそのくぼみも、淫靡な縦ミゾも全部、中空にあるこわばりで凌辱していく。

蠱惑的なロリータボディを見下ろしての変態マスターベーションだ。

熱い血潮で極限まで膨張した、海綿体のゴリゴリ感がある。

赤剝けた亀頭（グランス）が次々と汚していく、少女の聖なる領域。

異常すぎるシチュエーションで異様に高ぶってくる。

射精欲求が急激にこみ上げてくる。

まみのおま×こに、精子を降りそそぐ。

ロリータの最後の秘芯で、私のスペルマが溢れかえる。

こんな妄想も、今なら実行可能だ。

眠っている少女の両足を大きく拡げる。

いやらしいクレバスが丸見えになる。

腰をせり出していって、手を添えたままの筒先でラビアをこじ開ける。

他愛もなくオープンするロリータプッシー。

鈴割れがバージンを突いている。

体全体をぶつけるようにすると、処女孔がかたくなに異物を拒む。
元の作戦に返って、その体勢でオナニーする。
現実に突き上げているだけに、快美感覚がよりリアルさを増す。
官能の稲妻が背筋を貫いて脳天に抜けていく。
全身の毛穴が開いてしまうような爽快感がある。
少女愛好者の男が眠れる少女相手に展開する、異常な変態行為だった。
すべてが狂っているなかで、官能美が確実に高まっていく。
亀頭部の半分ほどがラビアに埋もれ、露出した茎に加えられる最後のひとこすり。
ズヌピュピュー。
最初のほとばしりが、処女孔をえぐる。
熱いトロミがまみの体内にまで逆流していく。
次々と射出される、体が震えてしまうほどの法悦。
安らかに眠っている少女を一方的に犯す、密やかで猟奇的なよろこびがあった。
哀れな獲物と、魅せられた狩人。
まみのバージンを汚していく、悪意にまみれた白濁液。
ロリータのおま×こ。

私はめくるめくエクスタシーのうねりに揉まれて、いつまでも少女の鼠蹊部に欲棒を押しつけていた。

さしもの大波が引いていき、鈴割れから絞り出されるものが枯渇しても、私には満足感がなかった。

こわばりは硬度を失い、軟化してスリムになり、かろうじて中心に芯を残した哀れな状態なのに、それでも私はやり足りなかった。

固くトビラを締め切っている処女孔は、無理やりに注ぎ込まれたスペルマを逆流させている。

白いトロミを溢れさせる肉ホールは、まったく無防備状態で息づいている。

半勃起の肉棒を指で押し込むと、赤剝けた亀頭が音もなくすべり込んでいた。

あれほど抵抗していたのにあっけなく陥落したのは、スペルマの潤滑性のおかげか、それともまみが眠っているために体の力が抜けていたせいだろうか。

いずれにしても、まみのバージンホールに入っている。

不確かなこわばり状況だが、少女とつながっていることには違いなかった。

じっくり時間をかけて、イタズラのしまくり放題だと思うとうれしかった。

以前から夢に見てまでやりたかったことが、全部実現できる。

鼻の穴に舌を突っ込んだり、髪の毛をしゃぶったりもできる。

けれどもそれらのことを片っ端から実行するには、今の結合は不自由すぎた。少女に埋もれながらも完全に萎れてしまったペニスは、よほど強く腰を押しつけていないと抜けそうだった。

下腹部同士を圧着しつづけると、イタズラができなかった。力を抜くと、すぐに肉棒が押し出されてきた。

無残にもしおれて、だらしなく垂れ下がる肉塊は美しくなかったが、誰にも見られていないのだから悲観することもなかった。

体がフリーになると、途端にできることも増えていた。

行儀よく手足を伸ばして寝息を立てる少女に添い寝するかたちになった私は、まず一番にやりたかった行為、すなわち鼻孔を味わうことにする。

顔を斜めにして舌をとがらせ、そのまま鼻の穴に接近させる。

目標が小さなうえに、下を向いているから捉えにくい。目で位置を確認できないから、見当で少女の顔面を突っついているうちに、ずっぷりと迎え入れる小穴があった。

若干の塩気がある。

入り口部分は柔軟性があって舌を歓迎してくれるふうだが、すぐに軟骨が邪魔をして奥への通路を遮断している。

丸めた舌をひねる。

鼻粘膜と舌粘膜の邂逅(かいこう)。

子供相手にやってはいけない、他愛もないイタズラ行為である。

鼻孔に舌を出し入れするのは興奮ものの変態行為だったが、やはり飽きる。

鼻の穴を離れて、今度はくちびるを舐める。

キスではなく、艶めいたくちびるを幅広にした舌の全面を使って舐めこするのだから、まみが起きていたら絶対にできないだろう。

顎も喉も耳もくちびるも鼻も、顔という顔のすべてを舐めしゃぶる。

少女特有のエキスが、じわじわと滲み出てくるようだ。

それにも飽きた私は、彼女の両脇に膝を突いて馬乗りになる。

しなびた肉ホースが、白い肌のうえにぺとりと落ちる。

そこはちょうど、胸の谷間に当たる場所だ。

両側から豊かなおっぱいを寄せると、ペニスが包まれていく。

肌冷えた乳房の内面には、温かな血潮が流れているようで心地よい。

腰を送るも、軟化した肉塊はだらしなく変形するばかりで、センサーとしての機能を取り戻そうともしなければ、いやらしい血潮を呼び込もうともしなかった。

硬直していないペニスは、もはや邪魔者でしかなかった。

私はまみの顔面にまたがると、まだ恥液に濡れたままのペニスを健康的に赤い少女のくちびるにこすりつけていった。

眠っている女の子を一方的に凌辱する。

それまでも散々にいたぶってきたが、くちびるへのペニスのなすりつけは興奮する。

感覚の鈍い肉ホースが、ゆるく結ばれたくちびるをこじ開ける。

顎が落ちると、白い歯も上下に離れる。

ダランとした肉茎を、口内にすべり込ませていく。

合意のないフェラチオだった。

眠っているのだから当然だが、無意識のうちにけがされるロリータ。

ボディは発育しているが、なんといっても相手は小学六年生の女の子だ。

禁断の強制フェラ。

完全なる脱法行為。

それだからこそ、眠れる少女のオーラル犯しには深いよろこびがあった。

吸い立ても舐めしゃぶりもしない完全受け身の口唇愛撫である。密着してはこない口蓋と舌。くちびるはすぼまらず、舌もうごめかない緩やかなフェラチオ。物足りない接触。どこが当たっているのかわからない曖昧さがいい。

そんな中途半端なフェラが、私の官能に点火していた。

少女の口中で、ムクムクと太くなっていくペニス。

完全に勃起するのを待たずに足下に回り、半勃ち状態の肉棒を押し込む。

二種類の滑液でなめらかになっている処女孔は、ほとんど無抵抗で開く。

半分ほど挿入しておいて静止すると、欲棒があとは勝手にこわばり立っていく。

きつくはまり合った、ふたつの性器。

青筋の浮いた肉茎は限界まで太くなり、少女の粘膜ホールは無理やりに拡げられて破れそうになっている。

小腰を使ってみると、きっちりと結ばれた部分がわずかに陥没するばかりで、ペニスはすべり動こうともしなかった。

それでも女性器だから、体の重みを利用して腰を沈めれば奥まで押し込むことはできそうだったが、寝ているまみの処女膜を裂き破るのは可哀想だった。ロストバージンでどれほど出血するのか知らないが、いずれにしても面倒なことになるに決まっている。

そうであれば、処女膜にダメージを与えずに気持ちよくなればいい。

片肘を突いて半身を支えた私は、その体勢で変則マスタベーションに移っていった。

先半分ほどが少女に没し、あとの露出した茎部分がこすられている。

もっと奥まで極めてみたい誘惑を殺しての異常なオナニーである。

まみの処女を守るための最小限度の妥協だった。

かろうじて抑制されている獣の心。

現実の少女を犯しながら、昔日（せきじつ）のおさない愛人に思いを馳せる。

若い日に心から愛した少女に憑依するには、その姿勢は苦しすぎた。

片肘を突いて体をひねっている状態では、無心で肉棒をこすれなかった。

体を横倒しして直角に交わり、片足を腹に乗せ、もう一方を足で挟む。

自由になった両手を優しく二つの乳房の上に置く。

目を覚まさない程度に揉み回す。

動かないでいるのに、ペニスがわずかに刺激されているのは、眠っているまみの処女孔がひくついているせいだった。

異物を受け入れたことのない場所を拡げられて、自然に律動してしまうのだろう。

思い出したようにひくつく少女の膣内は、たまらなく気持ちがいい。

きつい部分とゆるい部分とを混在させたバージンホールは、灼け立ったこわばりにとっての究極の肉サヤだった。

じんわりとまとわりついてくる秘粘膜のヒダ。

見えない部分で不規則に収縮する肉の壁。

愛の露を分泌するエロスの泉。

おそらく限界いっぱいに拡げられているだろう処女膜を破らない程度に、わずかなストロークだけペニスをすべらせる。

きつい肉路を鈴割れがかき分け、火照った膣粘膜の隘路をカリ首がかきむしる。

それは一センチにも満たない往復だったが、その過程にめくるめくよろこびがある。

おさない女の子の不釣り合いに豊かな乳房を揉み、ぬめって熱いプッシーを犯す。

まみのバージンを犯しながら、バージンだけは守ってあげているとの自家撞着がある。

もはや死語になった処女膜を、大切なものでもあるかのように崇拝するのは時代錯誤だろうか。

そもそも交わるはずのない、年寄りと小学六年生の女の子。

しかも少女は、安らかな寝息を往復させて眠りつづけている。

これが性犯罪でなくてなんだろう。

処女膜にダメージを与えなければかまわないだろうという身勝手さ。

そんな罪の意識を凌駕する、初々しくもみずみずしいボディとの交接だった。

人生の目的でもある、ロリータとの交わり。

錯綜する思いのなかで、急激に高まっていく緊張からの解放を求めるうねり。

根こぶのあたりに凝集する、官能のトロミ。

絶頂感覚に突き上げられた私は、おさない少女の子宮にスペルマをぶちまける。

ドクドクと音が聞こえてきそうな勢いで注ぎ込まれていく精液。

未熟な卵管を突き進む命の種。

児童憲章で守られるべき少女を犯すよろこびがある。

このめくるめくピークが終わったら、後始末をしてまみに服を着せなければ、と思いながらも私は、少女とつながったままで深い眠りに落ちていった。

チャイムではなく、ドアをどんどんと叩く音で目が覚めた。いやに肌寒いと思ったら真っ裸で、同じように全裸のまみとつながったままだった。

少女の片足を腹に乗せ、もう一方の太ももを両足で挟みつけるような体勢で寝ていたので、しぼんだペニスが少女のプッシーからすべり出なかったらしい。

玄関に誰が来ているのかわからないが、この状況下で浮かぶのはひとりしかいなかった。私はあわててまみを起こし、急いで服を着せ、ベランダに連れ出した。

隣室との境には間仕切りがあるが、それは緊急事態を想定して蹴破れる程度のボードでできていた。

まみに警察に電話してもらうように伝えて、きらりの家に送り出す頃には、ドアが靴で蹴られ、台所の網入り窓までもが割れそうなほどに叩かれていた。

まみがきらりと母親に迎え入れられたのを確認した私は、パジャマ姿でドアを開けて外で怒り狂っている彼女の義父と対面した。

男はいきなり胸ぐらを摑んできたので、私はそのまま四畳半まで後退していった。

男は当然靴のままだから、これで住居不法侵入罪が成立する。あとは傷害罪になるか、それとも殺人未遂まで立件されるかはこのあとの行動にかかってくる。

少女たちに護身術を教えるようになってからのにわか仕込みの知識だが、こんなに早く役立つとは思わなかった。

それでもこちらは素人なのだから、なるべく危険なことを避けて、しかも重罪にさせられれば上等だ。

ヒモのように居座り、おまけに年端もいかない女の子を犯そうなんて許せない。母親も愛想を尽かしているからには、刑務所送りになって当然だ。そして完全なる正義なんて、自分のことは棚上げにしなければ成立しない。

私はわざと引きずり回されているふうを装いながら、部屋の真ん中に一本だけ立っている柱に額をぶつけた。目から火花が飛び散ったからには、名誉の負傷をしたに違いない。

あとはどう収拾を図るかだが、わめき散らす男と競り合っているうちに、パトカーのサイレンが路地まで入ってきて消えた。

途端に男は逃げ腰になったが、私は胸ぐらを摑む手の上から必死に押さえて彼を離さなかった。

すぐに駆けつけた警官に手錠をかけられた男は、それでもまだ何ごとかをわめきながら連行されていった。私はどさくさまぎれに額をさらにかきむしり、傷を広げた。

事情聴取は連れていかれた病院のベッドで行われたが、罪状はどうあれ、刑事事件として立派に成立するのは状況証拠だけからでも明らかだった。

消毒薬臭いベッドで浅い眠りをとった私は、全治一週間の診断書をもらって自分の部屋に凱旋した。

第六章　夜這いごっこ

　もうあと何度かまみと濃密な交わりができるだろうと計算していたが、その望みはあっさりと覆（くつがえ）されていた。刑務所送りは確実だが、男が出所したあとの報復を恐れた母子は、親友のきらりにも住所を告げずに引っ越してしまっていたのだ。

　そうなれば、隣室の美少女しかいなかった。まみよりも数段は手強（ごわ）そうなきらりだったが、チャンスは意外と早く訪れた。

　結果的にまみを凶暴な義父から守ったかたちの私に、きらりママが絶大な信頼を寄せるようになった。面はゆいくらい頼りにされた私は母親に、二泊三日の宿泊研修は必須で参加しなければならないので、留守の間は娘をよろしくお願いします、と依頼された。

　願ってもないような幸運に、私はにやけ顔を見られないようにするのに必死だった。

昼間は学校に行くから会えないが、夕方から夜にかけて、場合によっては朝までいっしょにいられる機会が二日も連続するのだから、うれしくないはずがない。しかも親友のまみが引っ越してしまったので、その点でも私は頼られるに違いないとの胸算用もあった。

それにしても、とあらためてここ数週間のことを思い返してみると、重度の少女愛好家の私にとっては夢のような日々だった。

まず隣の空き部屋に母子が引っ越してきて、その娘が奇跡みたいな美少女だったこと、公園で絡まれていた異国少女を助けるとお礼にセックスをさせてくれたこと、きらりとはかなり危ない交渉までいったこと、そして彼女の友だちのまみとは過激な絡み合いをした末に眠っている彼女と静かなファックを果たしたことなど、いつも夢想の中で妄想していることが次々と実現していた。

性欲も精力もとみに衰えはじめていると実感していた私に、それほどのパワーが残っていたのも驚きだった。若い時分には恒例だった朝勃ちもしなくなり、夢精などにはついぞご無沙汰だった私が、ここ数日は睾丸が熱を帯びて苦しいほど性の営みを欲していた。

少女とやりたくてたまらない思いは募ったが、きらりは他のふたりとは違っていた。

ブルネット少女もまみも年齢はおさないが、体がよく発育しているとの共通点があった。だからそれほど良心が咎めずに犯しまくることが可能だったが、きらりはあまりにもひ弱で未成熟だった。

ランドセルを背負った姿は、押し倒すのが可哀想になるほどのおさなさだったし、質素だがセンスのよい私服も、脱がすのがはばかられるほどだった。

そんな博愛の心はあったが、それにもまして強大なのが少女を求める気持ちだった。児童憲章で守られるべき対象であるのは十二分に承知しながらも、それでも下腹部で疼くロリコンパワーは抑制できなかった。

外階段を駆け上がってくる軽快な足音が響いたが、待ち構える私の部屋には入ってこなかった。隣室の鉄製ドアが閉まる音がして、それきりだった。

期待が大きすぎたせいもあって、私はかなり落胆したが、無為の時間は空しく過ぎていった。娘をよろしくお願いします、とは頼まれたが、それを自由にもてあそんでくださいと解釈したのは私の早とちりであって、なにか危ないことが起こったら守ってくださいとの意味だとようやく理解した。

世間の常識からすれば、それが当然だった。どこの世界に、ロリコン親父に小学六年生の女の子を生け贄に差し出す親がいるのだ。八岐大蛇じゃあるまいし、とは思ったものの、下半身が納得しなかった。

壁一枚隔てた隣室に愛する少女がいるのに、何もできない自分がもどかしかった。

こちらのどす黒い腹の底まで見透かすような、澄んだ瞳を思うと切なかった。

健康的に艶めいた赤いくちびる。

後れ毛がほつれかかってなまめかしいうなじ。

モデルのようにスリムでまっすぐに伸びた両脚。

しなやかに細い手指が何かを暗示するように丸まって……。

妄想の暴走が止まらなくなった頃、思いがけない方角から小さな体が入ってきた。

非常用通路が壊れたままのベランダからすべり込んできたのは、待ちかねたきらりだった。

手にした白いビニール袋には、何かがいっぱい詰まっている。

「えへっ、材料用意してたら、遅くなっちゃった」

挨拶もせずに、ちょろっと舌を出して愛くるしかった。

「まみちゃんを助けたお礼に、カレーをごちそうしてあげるね」

散々にイタズラをしまくり、眠っている間に密かにファックまでしてしまった少女を、果敢に戦って助けたと言われるのも面はゆかったが、きらりがそう思っているのなら好都合だった。

　だますわけではないけれど、こちらから打ち明ける必要もない秘密だから、まみが私と裸で睦み合ったことをきらりが知らないのならそれでもよかった。

　スカート丈の短い濃紺のワンピースを着た少女は、いちだんとスリムに見えた。

　腰回りはルーズフィットだし、体のラインをなぞってもいないのに、少女の細身を雰囲気が物語っていた。

　自分の部屋とは反対向きの流しに立った少女は、持参した材料を危なっかしい手つきで剝いたり切ったりしている。

　小さく頭が振られて、聞こえないくらいの鼻歌が洩れているのは、イヤホンから好みの音楽が入っているからだろう。

　コードもないのにポケットに忍ばせたスマホから音楽が伝わる理屈はわからないが、ともかく少女は小刻みに体を上下させてうれしそうに調理している。

　まっすぐに伸びた両足は肩幅くらいに開かれて、ひかがみがリズムをとっている。

　足の真ん中から膝を曲げ伸ばしするたびに、後ろ側にあるひかがみも小さく折れたり伸びたりする。

　足の屈伸を助ける二本の腱が、現れては消える。

性的魅力からもっとも離れているはずのひかがみが、とてもエロチックに見える。健康的な足が、健全に曲げ伸ばしされているだけの情景に激しくそそられる。音楽に合わせて軽快にリズムを刻む少女の姿を、思う存分に視姦する。束ねていない黒髪が、肩甲骨のあたりまで流れている。七分の袖から、白い腕がほっそりと伸びている。包丁を持った手が、慎重にジャガイモやにんじんを切っている。それなのにまだ体がリズミカルに動きつづける危なっかしさがある。

はて、確か以前にもこんな状況があったぞ、とようやく思い出したのが梨花子のスパゲティ作りだった。

同じ場所で、同じような年頃の美少女が、料理は違うけれど同じように体でリズムをとりながら調理をしていたっけ。

あのときも梨花子のひかがみに見とれていたものだった、と考えながら、このことを思い出すのに時間がかかった理由がわからなかった。

まみを相手にしているときは、むしろ積極的に梨花子の面影を思い浮かべ、梨花子とセックスしているような気分になるのがうれしいのに、きらりに対しているときにはいにしえに愛した美少女がイメージとして浮かんでこなかった。

きらりをだますようなかたちで軽くキスをしたときも、乳房愛撫まで移行したときも、純粋に目の前の黒髪媚少女を慈しむだけだった。

そして今日も、同じような情景があったと回想した時点で、初めて梨花子のことに思い至ったのだった。

それはきらりが、梨花子と同等か、もしくはそれ以上の魅力を発散している証拠にほかならなかった。

きらりこそが、私を「梨花子の呪縛」から解き放ってくれる女神だった。

三十数年間にもわたって取り憑いていたトラウマから逃げられた私は、あらためて現実の少女を眺めていた。

濃紺ワンピースと白い皮膚の取り合わせの妙。

ほっそりした手と足。

小さな胸のふくらみと、全体に生硬な体つきの中では例外的にふっくらと肉の付いていそうなお尻。

まだ見ぬロリータプッシー。

きれいにすぼまっているだろう、少女のお尻の穴。

視覚と妄想とのごった煮の中で煮詰まっていた私は、きらりの声で正気に戻った。

「どうしたの、ぼんやりしちゃって、カレーできたよ」

そう言われてみれば、部屋にはスパイシーな香りが漂っている。

ひとつしかない大皿に私の分を、どんぶりに自分の分を盛った少女は、テーブルには私が使っている椅子しかないのを見て、ごく自然に私の太ももに横座りしていた。

「いただきまーす」

それが癖なのか、尻のほうを長く伸ばした少女は、私に食べるように勧めた。きらりを前に抱いているのでいつもと勝手が違うが、もちろんそれはうれしい戸惑いだった。

スプーンを少女の背中から回した私は、できたてのカレーを口に運んだ。太ももにちゃっかりと座った少女が、私の顔を下からのぞき込んでいる。できばえを気にしたきらりが、私の高評価を待っている。

シンプルな味だとの評価を、そのまま伝えるわけにはいかなかった。

「すごく、おいしいよ」

味覚的にはもうひとつのカレーだったが、この歓迎すべき状況が少女の手料理をおいしく演出しているのは間違いなかったから、それは嘘ではなかった。

そんな屈折した少女愛好癖など理解できるはずもない彼女は、単純によろこんだ。

いっしょに食べはじめると、きらりのお尻が微妙な部分に当たって妙な気分だった。わざとしているのではないだろうが、故意に挑発しているともとれる動きだったが、私はこらえようもなくズボンの前を突き上げてしまっていた。

お尻の側面に硬いものが当たるのに気づいていながら、少女は知らぬふりでカレーを食べていた。

そして食べ終わった途端に、真正面に座り直して言った。

「おじさんの、エッチ」

ワンピースの裾が捲られているので、ズボンのふくらみが少女のショーツを介して鼠蹊部に当たっている。

大きく股を拡げて私の腰に乗ってきた少女の行動は、これからを期待させるのに充分だったが、その言葉は秘めやかな願いとは裏腹に切なかった。

「今日は生理なの、せ・い・り、わかる、だからだめなの」

私は完全に少女に翻弄されていた。

よろこばせると思えば突き落とす少女の言葉が、ガラスのかけらのような痛みを伴(ともな)って私の心臓にまぶされていった。

そんな予防線を張ってくること自体が、ガードの堅いことを証明していた。

きらりの整った顔がすぐ前にあるのに、キスもできなかった。どこまで許されて、どこからがいけないのかわからないうちは、迂闊に動くわけにはいかなかった。

私は重苦しい、それでいて甘酸っぱい沈黙の中で待つより仕方なかった。

黙ったままで、きらりが腰をくねらせていた。

ズボンの布地を間に入れても、少女の鼠蹊部の弾力が筒先に伝わってくる。押しつけるというよりも、こすりつけるといったほうが正しい当たり方だ。

いつの間にか少女が、うっとりと目を閉じている。

私の首に手を回して上体をのけぞらせ、腰だけをくねらせている。

それは不思議な時間だった。

性的に興奮しているかといえば、そうでもなさそうだし、単純に私を挑発しているわけでもなさそうだった。

何枚かの布地を介しての性器摩擦は、唐突に終わりを迎えていた。

キョトンとした顔つきをしているだろう私に、少女があっけらかんと告げた。

「生理のときって、中のほうがすごくかゆくなるの。テーブルの角でこすったりするんだけど、おじさんのここがちょうどいいわ。また今度、使わせてね」

ああ、人のおち×ちんを何だと思っているんだ。

それでかゆみがなくなったのか、少女はお尻の位置を膝のほうまで下げていた。

私が生理の方面から女の子の秘密に迫ろうと言葉を選んでいると、きらりが別の問いかけを投げてきた。

「まみちゃんの義理パパを、どうやって捕まえたの？」

せっかくのふたりだけの逢瀬（おうせ）を、つまらない武勇伝などでつぶしたくはなかったが、答えないわけにもいかなかった。

一通りの話を、少女は軽い相づちを打って聞いていたが、それほど興が乗っているふうにも見えなかった。

「何かして、遊ぼうよ」

話が一段落するのを待っていたかのような、少女からの提案だった。

何かして遊ぶといっても、きらりが生理の最中なのがやっかいだった。

すると少女のほうから、思いもかけない遊びが提案された。

「よばい遊び、してみない」

それは小学生が口にするのをはばかられるような、かなり以前に田舎で行われていたという男女間のいけない性行為だった。

かつてそんな風習があったとは聞いていたが、まさか現役の小学六年生の女の子の口から聞かされるとは思ってもいなかった私は驚いた。

「よばいって、夜這いのことかな」

漢字でのニュアンスが伝わるはずもないが、少女はうなずいた。

「女の子の間で流行(はや)ってるの、眠ったふりした子を、みんなで触りまくって、その子が笑ったら負けなのよ」

私に異存はなかったが、どちらが寝たふりをするのかが問題だった。

そんな私の腹を見透かしたように、きらりが立ち上がりざまに言った。

「部屋に戻ってお片付けしたら戻ってくるから、おじさんは寝たふりしててね」

それ以外の注文はなかったが、シャワーを浴びて、いつもなら洗わないような場所まで丁寧に洗った私は、何をどう着ていればよいかで迷った。

まさか全裸でいるわけにもいかず、さりとてちゃんとパジャマを着込んでいるのもやっかいだった。

裸に剝くのがあまりにもやっかいだと、少女が面倒がるかもしれず、最初から下腹部をむき出しにするのも変なので、半袖シャツだけ着て腰にはバスタオルを被せた。

敷き布団にあおむけになって待ったが、きらりはなかなか忍び込んでこなかった。

待ちくたびれた私は、いつしか深い眠りに落ちていった。


夢を見ていた。

濃い霧に包まれて、男が立っている。

男は、何かを待っている。

ふと霧のカーテンが揺らぐ気配がすると、小さな体が姿を現してきた。

徐々に明らかになっていく様子。

着衣の色としゃれたデザイン。

すらりと伸びた手足。

男の前に完全に姿を現したのは、ゴスロリ服を着た美少女だった。

頭のてっぺんから足先まで、ゴシック時代の過剰装飾なドレスを着たおさないロリータというコンセプトが行き渡っている。

幅広レースのヘアバンドかと見えたのは帽子で、青いリボンのバツ印が五つ縫いつけられ、両のこめかみで可愛らしく結ばれている。

前髪が目の上まで垂れ下がり、先っぽがカールしている。

すっきりした顔の輪郭までは認識できるが、表情がはっきりとわからない。

ただ飛びきりの美少女であることだけは、彼女を包み込んでいるオーラでわかる。

両肩の誇張されたふくらみは、袖口まで続いているかに見えて短い。

少しだけ肌がのぞいて、あとは別仕立ての先広になったスリーブに隠れている。

青いサテンにふんだんにレースが施されたドレスは、やや襟ぐりが大きくとられて、胸元で結ばれたボウが愛くるしい。

ウエストでも大きなボウがアクセントになり、丈の短いスカートはふうわりとふくらんでいるが、裾部は斜めにカットされて、前は太ももまで見せているが、後ろはひかがみを隠すくらいまで長く垂れている。

スカートの下部に巡らされているのはシフォンだろうか、やや濃いめの半透明といった案配の薄布を通して、ほぼ足の付け根あたりまでがほんのりと見えているのもなまめかしい。

すっきりとした太ももは、余分な肉を付けていないでまっすぐだった。

太くも細くもない、理想的な大腿部がそこにあった。

白いソックスに、服と同色のローヒールなパンプス。

靴にも、袖や襟元と同じようにボウが付いている。

艶めいた青いサテンと、半透明のシフォン、そして随所に施された白いレースの組み合わせは装飾過剰とも思えたが、それに負けない魅力的な少女がいた。
そんな理想の美少女が、さらに男に近づいてくる。
男は、私は、少女の威厳に打たれてひざまずく。
私の頭を、裾広がりのスカートが音もなく覆う。
清らかな恥裂が、白い股間に縦走っている。
くっきりと秘割れた清楚なおま×こ。
何もはみ出させていない、シンプルなライン。
白い肌に刻まれた、か黒い一本線。
その美しさに圧倒されて、次第にのけぞっていく私。
やがてあおむけになると、顔面に少女が跨がってくれた。
焦点も合わないほど近い肉割れがさらに近づいて、鼻頭に接触する。
そこから少しだけずれ下がって、くちびるを温かく押し包む。
私は舌を差し出す。
不確実な抵抗を犯して、粘膜の谷間にすべり込んでいく舌先。
甘やかな芳香。
わずかに刺激臭をミックスさせた淫蜜。

くねりからまり合っている可憐な肉ヒダ。

青いロリータの、最後の秘密。

喉の渇きを癒やしてくれる甘露。

体の奥から滲み出てくる命のしずく。

私は夢中になって愛の壺からの贈り物を飲み干していった。

急に目の前が明るくなると、少女の腰が下のほうにずれ下がっていた。

ふうわりとゴスロリ服をまとった青い少女は、私のこわばりの上で止まっていた。

天井を向いてそそり立つ硬直が、斜め上からの圧力に負けて倒れる。

腹側に押し倒されたペニスの裏側いっぱいに、生温かな感触が広がる。

未熟なクレバスが、半開きになって被さってきている。

膣に収まっていないのがわかっていながら、その心地よさも半端ではなかった。

シンプルな一本線にしか見えなかった秘割れが、スカートの中で中途半端に割り拡げられ、灼け立ったこわばりの裏半分にまとわりついている。

白い肌が巻き込んでいるかのような肉谷が割り裂かれれば、すぐに粘膜の壁だ。

愛蜜にまみれた媚粘膜のヒダヒダが、欲棒に食いついてくるようだ。

仰角が押さえつけられ、ペニスが期待に打ち震える。

青い服の少女が、いやらしく腰をくねらせる。

空気を孕んでふくらんだスカートに遮られて体の動きは見えないが、悩ましい騎乗位の腰ふりはこわばりの裏側が感知している。

おさない少女にはふさわしくない、過激な体位での過激な腰ふりだった。

敏感さを増しているペニスが受ける、過剰なまでの快美感。

少女が体を前に倒したのは、カリ首にクリトリスをこすりつけたいためだ。

さらさらとした青い布地のなめらかさと、ちりついたレースのくすぐったさ。

胸腹部で少女の体重を支えると、動きと圧迫度を増していくおさないプッシー。

頬や喉に触れる黒艶髪の搔痒感。

最初はさらさらと接触するだけだった毛髪が、いつしか幾筋かの束になって、まるで意志のある生き物みたいな何かを狙っている。

鼻の穴に入ってくる。

耳の穴にもすべり込んでくる。

閉じた口にも巧妙に潜り込んで、喉を通って食道をくすぐる。

現実にはあるはずのない状況に、私は狂おしいまでに興奮した。

茎裏を柔らかな肉ヒダが何度も何度もすべり上がってはすべり戻る。

顔にある穴だけではなく、会陰に近い肛門まで黒髪の洗礼を受けている。
体にあるすべてのホールで少女を受け入れる。
二つの性器がこすれ当たる。
ゴスロリ服の美少女が、いろんなテクニックで私を楽しませてくれている。
その思いが、甘酸っぱい官能に点火した。
急激に高まっていく射精欲求。
夢の中での最高の交わり。
理想のロリータとの、理想的な疑似セックス。
顔に当たる毛先のくすぐったさ。
しなやかに硬い指でこわばりをしごき立てられる現実感。
ふと目覚めると、私の顔をのぞき込んでいるパジャマ姿のきらりがいた。
「あー、残念、目を開けたから失格でーす」
いつの間にか眠りに落ちてしまった私を、約束どおりにイタズラしていたらしい。
彼女の髪の毛が顔面に触れ、その指がこわばりをしごき立てていたゆえの過激な夢。
あわてて目をつぶったが、もうそのときは遅かった。
半袖シャツだけを着た私の裸の下腹部で、空しくそそり立つ硬直の間抜けさ。

もう少し目覚めが遅ければ、夢と現実の狭間(はざま)で体験できただろう強烈な快美感。

愛おしいきらりにしごかれながら、夢のゴスロリ服美少女のプッシーに向けて放つめくるめき夢精。

そんな千載一遇のチャンスが、不用意な開眼で永遠に失われてしまった。

こうなると女の子は残酷だ。

握りしめてしごき立ててほしい部分には見向きもしない。

男にとっては最終的な快楽を得られる射精への一本道が、少女にはちょっと危ない遊びにすぎなかった。

性的興味から男性器を観察したり触ったりすることはあっても、男を満足させるのが目的ではないから、途中でやめているとの意識すらなかった。

その場に押し倒したい願望をかろうじて抑制できたのは、たとえ今夜がこのままで終わったとしても、明日がもう一日あるとの一縷(いちる)の望みからだった。

あまりにもしょげている私を見て気の毒になったのか、きらりが優しく声をかけてきた。

「おじさんのおち×ちん、そんなに汚ならしくないね」

それは慰めにもならなかったが、会話の取っかかりにはなっていた。

「他の人のも、見たことあるんだ」

「そんなのないけど、ただなんとなく、もっと黒いと想像してたから」

奇妙な沈黙があったが、気まずくはなかった。

「コチコチに硬いし、あれがヴァギナに入るとせ、、、っくすなの？」

私はあえて黙っていた。

一度疑問を発すると、答えを聞くまで満足しないだろうと思ったから。

案の定、きらりはちょっと不満げな表情で質問を重ねてきた。

「ねー、教えてよ」

あまり焦らして、反対に機嫌を損ねたら逆効果だ。

「それが普通のセックスだね」

「じゃあじゃあ、普通じゃないせっくすってなあに？」

「それは、もう少し大人になれば、自然とわかってくるよ」

こういった言い方が、半分だけおとな気分の少女たちには必ずカチンとくることはわかっていた。

「だってぇ、今知りたいもの」

生理じゃなかったら、と歯がみしても追いつかなかった。

パジャマとショーツを脱がせずにできることは限定されていた。

私はとりあえず、熱く火照って疼く睾丸にわだかまったどす黒い情欲を解放させることを優先すると決めた。

それからあとのことは、なるようにしかならない。

まな板に乗ってきた少女を落とさないようにリードしていく。

「今日は、男性器の研究だけにしとこうか」

「うん、それでもいい」

私はあらためて寝そべると、きらりの視線を下腹部に誘導していった。

少女をどうだまくらかそうかに頭を使っているうちに、股間のものは見る影もなくしぼんでみっともない姿をさらしていた。

ふだんならば恥ずかしく思うところだが、男性器の機能を一から教えるには必須だった。

フニャついたペニスが、どうなれば勃起するかを示すには理想的な状況だった。

少女の純な視線を浴びていると思うだけで、淫らな血潮が海綿体に流入していく。

このままでは、タッチさせる前にエレクトしてしまいそうだ。

「ふだんはこんなだけど、刺激を受けると硬くなるんだよ」

「しげき、って？」

「手でしごかれたり、お口でしゃぶられたり、そんなふうなこと」

「だけど、私が来たときには、もう勃ってたわよ、さっき」

きらりの指摘は、あまりにも鋭かった。

言っていることと実際の矛盾を突かれれば、ぐうの音も出なかった。

けれども救いは、その疑問が深く追及されないことだった。

早くも半分ほど太さと硬度を増している肉茎に、待ち望んだ少女の指が輪になってまとわりついてきた。

丸まった手のひらと、ゆるく曲がった指が作り出す悩ましい円筒の中で、思いきり勃起することを許されたペニスが、ムクムクと起き上がっていった。

そのエネルギーは、おさない少女をびっくりさせるには充分だった。

言葉も出せずにいるきらりの手の中で、完全にエレクトした硬直がズキズキと疼いていた。

「おじさん、こうなったら、どうすればいいの」

私は黙って少女の手首を摑むと、そこをリズミカルに上下動させていった。

利発な少女は、私好みのストロークを一回で会得していた。

小指が陰毛に当たり、人差し指がカリ首に当たる。

その間の距離はたいしたことはないが、そこから発生する快感は大きかった。

当たり具合がゆるすぎて物足りないが、時間調整にはちょうどよかった。

しっとりと湿り気を帯びた手指での甘い折檻(せっかん)を受けながら、私は物足りなかった。

おさなくも愛くるしい美少女の未熟な肢体がそこにあるのに、一カ所しか使われていないのがもったいなく思われた。

これだけでも充分に心地よいのに、私は贅沢にもそれ以上の絡みを求めた。

「おっぱいに、キスさせて」

乳房愛撫は数日前にもやっていたので、彼女にとってのハードルは低かった。

パジャマの上だけを脱いだ少女は、添い寝をするかたちで胸を突き出していた。

きつさをこらえて上体をひねり、魅力的な半熟乳房にむしゃぶりつく。

片手を少女の横腹に入れて体を支え、もう一方で少女の手を包む。

少しだけ握ると、ペニスに絡んでいる手指の締め付けが強まっていく。

発育途上の乳房を大きく吸い込むと、口の中が素敵な弾力で充たされる。

それは生理中の少女を相手にした場合、これ以上は望めないほどの過激な絡み合いだった。

「あー、こっちまで、変になりそう」

少女の声が、脳天に直接響く。

二つのおっぱいだけではなく、胸の谷間にも脇の下にも舌を這わせる。

白い皮膚の肌理の細かさを味わいながら、あるかなしかの少女のエキスを吸う。

上半身だけなら、どこまでも許してくれそうだ。

次はどんなポジションを取ろうか考えていると、いきなり少女が離れていった。

「だめ、もう我慢できないもの」

立ち上がってパジャマの下を脱ぐと、いつもとは違う黒いショーツ姿だった。

おそらく生理用なのだろう、黒い下着一枚だけのロリータも色っぽかった。

どうするのか見ていると、きらりが私の腰に跨がってきた。

屹立した肉棒にショーツの前が当たり、腹側に押しつけられる。

我慢できないと言ったのは、生理中のそこのかゆさのことだったのかと納得するより早く、少女が体重をかけて腰をくねらせはじめていた。

背中を大きく湾曲させての腰ふりは、おさない少女がしているとは思えないほどに官能的だった。

直接に触れ合うのではなく、ショーツの薄布が一枚介在していることが、かえってエロチックだった。

全裸の男の上で、黒いショーツだけの美少女が腰ふり騎乗位をしている。

生理中のプッシーが、何度も何度もこわばりとこすれ合う。

過敏な包皮小帯が、薄布越しに過敏なクリトリスと刺激し合う。

そこは鍛えていない場所だから痛い。

本格的なファックでもなんとなく保護されるように位置しているから、目標として集中攻撃されることには慣れていない。

同じカリ首の段差でも、ぐるりのほとんどはアタックに参加しているが、日陰者みたいな包皮小帯は安全な場所にいて刺激を避けている。

そんなひ弱な部分が悲鳴をあげそうになる寸前、少女が動きを止めていた。

「あー、かゆいとこが気持ちいいけど、疲れちゃった」

慣れない腰ふり騎乗位で疲れたのなら、交代してあげる。

少女をあおむけにさせて、拡げた足の間に膝を進める。

下から見上げるきらりの目の中には、怖れと期待が半分ずつ浮かんでいる。

さらに腰を進めて、冷たいヒップを太ももに乗せ、筒先をクリットとおぼしき場所に当てる。

「おじさんが、代わりにこすってくれるの」
安堵の表情を見せたきらりは、涼しげな目を見開いている。
こちらを信頼しきった、きれいな瞳をしている。
健康的なくちびるの色。
そして黒いショーツだけをまとった、おさない女の子の艶めき肌。
低いなりに形よく盛り上がった二つの乳房。
おへその浅いくぼみ。
茎裏に当たっている、薄布の下のスリット。
筒先だけを強く押しつけると、少女が反応する。
「あ、そこです、そこがかゆいの」
少女がこすってほしいポイントに当たっているのは、やはりカリ首裏だった。
角度的にそうなるのだろうが、布と擦過させずに刺激を与える方法はある。
筒先を押しつぶすようにして、グリグリと横に揺らす。
同時に小腰を使うと、複雑なうごめきが少女の肉芽に伝わっていく。
「あー、すごくいい気持ちです」
こちらまで痒みが伝染しそうな感じだったが、少女が気持ちよいなら嬉しい。

横ブレを激しくさせると、痒みを治めるはずがほかの心地よさに変化していった。

「あー、あー、変になっちゃうー」

薄布越しのクリトリス刺激だけで、きらりが舞い上がっていく。

涼しげな目は閉じられて、半開きの口から甘い吐息が洩れる。

うっとりとした表情。

快感の度合いを現しているのか、小鼻がぴくぴくしている。

ああ、そんな陶然とした顔を見せられてはたまらない。

可愛らしいおっぱいがならんだ胸が、せわしげに息づいている。

おへそのあたりが波打っている。

愛しいきらり。

おまえを悦ばすためならば、何でもしてあげる。

私は包皮小帯の痛みも忘れて、ショーツを強くこすっていった。

最初はそのままの場所を動かずに押しつぶすだけだったが、少女のエクスタシーが近そうな今はもっと過激さが必要だった。

ふっくらとした恥丘がへこむまで筒先を陥没させて揺らすと、おさないきらりがたまらずに絶頂していった。

「あー、ああ先生、イクー」

そのフレーズは、まみに教えたものと同じだった。

引っ越し前の慌ただしさのなかで伝えられたものかどうか、ともかく美少女の口から洩れるあえぎ声は、その官能的な表情と相まってセクシーだった。

体を突っ張っての硬直。

切迫した雰囲気の中での呼吸の停止。

数秒後に訪れる弛緩。

波打ちうねる腹と荒い呼吸。

ふたたびのクリトリスこすり。

十秒続けてやめると、ふたたび美少女ボディがこわばって伸びる。

「あイク、ああイク」

悩ましすぎるおさないあえぎ声。

おとなみたいなエロチシズム。

弓なりにのけぞるスレンダーな体。

腰が折れて、呼吸が復活する。

クリトリスを押しつぶすようにして、しゃにむに筒先でこねくり回す。

「ああだめぇー、ああ、イックウゥー」
息を止めてのけぞる喉首がまっすぐに伸びる。
しどけなく開いた口の奥に見える舌と口蓋。
敷き布団の上に散らばる黒い艶髪。
そこにあるロリータのすべて。
根こぶで急速に膨張する官能のトロミ。
もう位置を変えている時間がないほどに切迫した欲求だった。
膝立ちをすると、布団に落ちる少女の両足。
体の柔らかさを証明する開脚度である。
浮かせたペニスの先っぽが狙うのは可愛らしい乳房。
茎をしごく。
鈴割れのラインが、片方の乳首とぴったり重なり合う。
私の尿道から、少女のおっぱいが吸い込まれてきそうな錯覚がする。
激しく噴き上がってくる甘ったるい恍惚美があった。
脳天に突き抜けていく少女愛のよろこび。
ドズピュッ。

音が聞こえそうなほど激しい放出だった。

官能の白濁液が放物線を描き、汚れなき美少女の清らかな胸乳を凌辱する。

ビュヌッ、ズピュッ。

間断なく撃ち出されては少女を犯す邪悪なスペルマ。

半ば気を失ったような媚少女を、一方的に犯しまくる不浄な快感がある。

めくるめき、狂おしく流れる歓喜の奔流。

少女の肌の色よりも白く濁った精液の飛び散ったおっぱいを見て、私は自分の放出したスペルマをきらりに塗りたくりたい衝動に駆られた。

清らかな肌に降りそそぐだけでも罪深いのに、ドス黒い情念のたっぷり詰まった白濁液をまぶすなんて、常人の考えつくことではなかった。

純粋な少女を二重にも三重にも犯す行為には違いなかったが、私はすでに常識や理性での判断能力を失っていた。

まだひくついているペニスの先に伸ばしていった手のひらで、胸の谷間にわだかまっているスペルマを押しつぶすと、そのまま右にスライドさせていく。

柔らかなカーブを描いて盛り上がる片方のおっぱいのラインを、邪悪なりにすべらかな精液がなぞってすべる。

ただ手のひらで愛撫するよりも、はるかにスムーズに応じる乳丘の従順さ。

息づく皮膚がなだらかな曲線を描いてふくらみ、頂点でしこり立つ可憐な乳頭。

手のひらにすっぽりと収まってしまう未熟なおっぱいの素敵な弾力。

左手も同じようにして、二つの乳房を汚れた濁液まみれの手で揉み回す。

手のひらで輪を描くと、手の中心でなぎ倒される愛の肉粒。

強く押すと、心配になるほど扁平になってしまう発育途中の胸乳。

不浄な液にまみれた指で乳首をつまむ。

生意気にすべって逃げる可憐な肉芽。

小さくて滑っこい乳頭を、何度もつねり上げようとするが、そのたびに身をすくめて下に逃げていく。

手で遊ぶのに倦んだ私は、少女の胸に自分のそれを重ね合わせていった。

精液まみれの少女の乳房を、同じ部位で感じるよろこびがある。

体を揺さぶると、胸に当たる柔らかい弾力がすべり動いていく。

滑液を介しているから、なめらかな摩擦感が心地よい。

素肌と素肌では引きつれてしまうが、スペルマが介在しているせいで、かなり強く押しつけているのに無理なくすべっていく。

邪悪な情念がふんだんに込められた白濁液を、純真な美少女のきれいな皮膚になすりつける倒錯したよろこび。

手のひらで犯し、胸でも犯しまくる狂気じみた行為だった。

夢中になって胸をこすりつけているうちに、ふと気づくときらりの目が下から私をのぞき込んでいた。

「何を、してるの？」

冷静な問いかけに、答えがあるはずもなかった。

「い、いや、きれいにしてあげようと思って……」

あわてて少女の胸を離れると、タオルで体を拭いてあげる。

それを醒めた目できらりは見上げる。

黙ったままでパジャマを着た少女は、一言もしゃべらないままで壊れた非常通路から帰っていった。

失敗だった。

少女の魅力に溺れすぎた私の、完全なる失敗だった。

あそこでやめておけばよかったのに、と思うも後の祭りだった。

せっかくの二日連続のチャンスを、自らの激情に逆らえずにつぶしてしまった。

たった今までいっしょだった美少女の魅力的な肢体のさまざまなパーツが、順繰りに頭の中を駆け巡っていく。

後悔の念が次々と押し寄せてくる。

体にも心にも興奮が残っていて、とても眠れない。

私は隣室との境の壁に耳を当てる。

大きい物音や、大きい声なら聞こえるが、その夜はひっそりとしている。

少女はもう、眠ってしまったのだろうか。

それとも、小さなベッドの中で眠れずに煩悶(はんもん)しているだろうか。

私は考えても詮(せん)ないことを、いつまでもいじいじと思い巡らしていた。

最終章　黒髪の媚少女

翌日は、朝から隣の様子が気になって仕方なかった。壁越しに音を聞き、気配を察し、きらりの行動を推理しているうちに時間が過ぎていった。

学校から帰って、すぐに出かけたのは塾に行ったのだろう。帰りがいつもより遅かったのは、夜ご飯をどこかで食べてきたからだとの確信が持てたのは、食器の音が聞こえないことからの類推だった。

自分の夕食が用意していないのは、ひょっとしてどこかに連れていってと頼まれたら、お寿司でも食べさせてあげようとの心づもりからだった。聞き耳を立てながらカップ麺をすっていると、思いがけずに玄関ドアで音がした。

ドアに備え付けの新聞受けに、小さなメモ紙が入っている。

今日は、おじさんの番だよ
八時すぎたら、来てもいいよ
ちなみに、せいりは終わったよ
となりのきらり

こんなに嬉しいメモは、ここ数十年もらったことがなかった。昨晩のスケベな行為を許してくれただけでなく、夜這いゲームが続けられるとはラッキーだった。

わざわざ生理が終わったと書いてあるからには、かなりなまで少女の体を探検できるかもしれないとの期待を持たせたが、先走っての行動は慎まなければならなかった。

せっかく許してくれたチャンスは、大事に使いたかった。

八時ちょうどに壊れたままの避難通路をくぐって隣のベランダに忍び込むと、きらりは自分のベッドで寝ていた。昨日と同じパジャマを着ているので、少しだけ落胆したが、全裸で寝そべっていられたら興ざめだと思い直すことにした。

「きらりちゃん、来たよ、でもお返事はしなくてもいいよ」

一瞥したただけで、素肌が露出しているのは手と足だけであることがわかった。

小造りに愛くるしいくるぶしを左右で二つずつ持っている足首と、体重を支える意外に特別にエロスを発散する役割を担っているのではないかと思われるキュートな足が悩ましかった。

もう身長と同じくらいになっている子供用ベッドから、両足がはみ出しそうだ。

きらりが懸命に目をつぶり、笑いをこらえているのがわかる。

このゲームは目を開けるか、それとも笑ってしまうかすると終わりだから、なるべくくすぐったくない程度に足を嬲ることにする。

それにしても、可愛らしい足だ。

行儀よく揃えられた二つの足が上を向き、リズミカルに大きさを変化させる指たちが並んで天井を指している。

健康で健全な足なのに、情欲をそそる何かがある。

足裏で悩ましく湾曲する土踏まず。

合計で八カ所もある指の股部。

ある種の貝殻を付けたようにも見える艶めいた爪。

付け根は締まって細く、地面に接触する部分はいくらか厚手の皮膚で保護されながらもふっくらとした肉づきの足指をしている。

控えめに存在を主張しているくるぶしと、愛くるしいかかと。

きらりの足は、申し分なく官能的なパーツだった。

足裏に対面するかたちで正座をすると、少女の華奢な足が目の前にあった。

どうか、笑わないでいてほしい。

そしてこれからすることを、ロリコン親父の変態行為だと責めないでほしい。

少女の両足を両手で挟むと、薄い皮膚の下に骨や腱のある硬い部分と、やや厚い皮膚に包まれて弾力のある部分が混在しているのがわかる。

その限定された範囲の中でも、親指の下にある一番地面に接することの多い母指球はいくらか硬く、悩ましくへこんでいる土踏まずは柔らかい感じだが、それは主として皮膚の厚みからきている違いかもしれない。

しっとりとした潤いを保っている足裏が、舐めしゃぶってくれと誘ってくる。

並んだ指同士が作る隙間が、舌を差し込んでもいいよと誘惑する。

そして決定的にエロいのが、中央を高くして両サイドにいくに従って低くなる指の配列だった。

真ん中に二つの母指がそびえ、数詞を多くしていく順に次第に低くなっていく指列の作るラインは、可愛らしさのうちにも猛烈なエロスを香らせていた。

真上からそっとくちびるを触れさせる。

健気にも寝たふりをしている少女を刺激しないように、フェザータッチでの愛撫をする。

くちびるに当たる、ほんの少しだけの指と爪。

それほどかすかな接触なのに、それでも伝わってくるロリータの息吹がある。

きらりを驚かさないよう、少しずつ深く吸い込んでいく。

顎が外れそうになるまで口を大きく開き、片足分の足指を全部咥えると、苦しい中にも突き上げるような歓喜があった。

少女の華奢な造りの足指を口中に迎え入れるのは、夢見ていた以上の感激だった。

苦しいなかで舌をうごめかすと、不揃いな足指がおいしい。

口を開けているせいで過剰に分泌した唾液を吸い込むと、少女のエキスが混じる。

小指側を外して浅い愛撫を保ち、足指の股に舌先をすべり込ませていく。

舌が通らないほどの狭間を、舌先がすべり抜けて反対に突き出る。

そんな行為にも、異常性愛のよろこびが宿っている。

それぞれの指の太さを口蓋と舌で感じ取りながら、パジャマの裾をたぐっていく。

順序としては上を脱がすほうが正しいのだろうが、最短で最終目的地にたどり着ける可能性の高いほうに賭ける。

パジャマズボンが引っ張られて、限界まで伸びる。

それでも強くたぐり寄せつづけると、少女の腰が軽く浮いた。

おしりとベッドの間に挟まっていたパジャマが解放されてずり落ちてくる。

上目づかいの視界に、ショーツを穿いていないきらりの下腹部が飛び込む。

鮮烈なまでにきれいに切れ込んだスリット。

ふっくらと肉の付いた白い丘の中心に、みごとに縦走るラインがある。

何もはみ出させていない、シンプルな一本の亀裂。

清らかな秘割れが始まるあたりで、悩ましげにポイントになっている丸いくぼみ。

それが愛おしいきらりの未成熟な鼠蹊部だった。

裂けているというよりは、両方から白い皮膚が急激に沈み込んで、きつい谷間を作っているような感じだった。

そこを開いた奥底に、きらりのバージンがある。

処女孔を守る、ラビアの絡み合いがある。

そう考えるとたまらなかった。

私はパジャマを足首までずり下げたところで、我慢できずに膝行してベッドサイドに回った。

おへその少し上から、向こう脛まで（ずね）が露出している。

まぶしいほどにきれいな下半身。

張り詰めた皮膚に包まれた健康美溢れるおなかから両足にかけてのライン。

その間にある、妖しいスリット。

くぼみから始まり、バックに消えていく悩ましい一本線。

初めて目にするきらりのクレバスは魅力だったが、それと同等にすばらしいのがすんなりと伸ばされた太ももだった。

他の少女たちは元太りになっているから、途中から離れてしまうが、きらりの大腿はほぼ同じ細さで先に行くから、膝までがぴっちりと閉じ合わさっていた。

お行儀よく揃えて伸ばされているせいもあるが、ほとんど贅肉の付いていない太ももの間にまったく隙間がないのは驚異だった。

スタイルがいいと表現するには、少しばかりスリムすぎる太もも。

骨と筋肉と皮膚だけでできあがっているような無駄のなさ。

太ももがむっちりとしていないから、腰回りもあまり張り出していない。

お尻は見えていないが、ボディラインが横にふくらんでいないから、きらりのウエストはくびれていない。

生硬な体つきと皮下脂肪の少ないところに小さなおち×ちんを付属させれば、まるで少年の下半身そのものだ。

それでも眠ったふりを続ける美少女の股間には、鮮やかに切れ込んだ秘裂がある。

どんなに体つきが少年ぽくても、きらりは純粋なロリータだった。

これほどまでにおさなくて純朴(じゅんぼく)な肢体を前にすれば、誰でも畏怖(いふ)の念を覚えずにはいられないだろうが、あいにく私にそんなピュアな精神はない。

私にあるのは、媚少女の魅力にどっぷりと浸りたいとの思いだけだった。

舐めて、吸って、味わって、穴という穴にベロを突っ込んで、秘粘膜のヒダをかき分けてバージンを探し出し、できることならそこにペニスをぶち込みたいとの熱く煮えたぎる情念に支配されるばかりだ。

それでも少しばかりの理性は残っているから、少女の体にダメージは与えたくないという程度の抑制心は利かせられる。

特に処女膜を切り裂いて出血させることは、絶対に避けたい。

そしてそれほど深々と挿入しなくても、快楽を得る方法があるのは実践ずみだ。

少女の浅いおへそに口づける。

腹筋が一回だけひくつく。

軽いタッチを下のほうへずらしていく。

少女の体がわずかにわなないて、期待の小さくないことを示す。

完全に無毛ですべらかな恥丘。

あるともない和毛がそよぐ。

くちびるの端が感じ取る微妙なくぼみ。

きつく閉じ合わさったスリットの始まり部分。

本格的に愛撫するには邪魔になる太もも。

音を立てて白い丘にキスしながら、足首にわだかまっていたズボンを脱がす。

ベッドの後ろに回り、あらためて向こう脛から可愛らしくふくらんだ膝小僧、そして太ももへとベーゼの位置をずり上げていく。

よく固く締まって心地よい弾力の大腿部が、わずかに緩んで隙間が開く。

足先が開いた分だけ空いた、両足の間隙。

顔を埋めると、一瞬緊張が走り、それから観念したかのように開いていく両足。

清らかな恥割れが、尻谷まで続いて消えている。

ぷっくりと盛り上がって体内に沈み込んでいるスリットが、間近に見ると単純な一本のラインではないことがわかる。

急激に体の奥に向かってなだれ込む白い皮膚が作り出す肉の谷は、始まり部分では単線だが、体の真下では淫靡な複線へと変化していた。

浅い部分でスリットが割れているのは、その奥に何かが埋もれているせいだった。

その理由を確かめるよりも、そこを味わいたいとの思いのほうが切実だった。

割り拡げた両足の間に肩を入れた私は、首を伸ばしてスリットに吸いついた。

くちびるに優しく触れる肉丘のふくらみ。

その中心に接触を避けて縦走るくぼみの連なり。

緊張感を表す太ももの張り。

香しいロリータ臭。

他愛なくへこみそうでいながらしっかりと弾み返す秘部。

くちびるを押しつけるだけでは破れない防衛ライン。

最後の秘密にキスされているのを知りながら、少女は健気にも寝たふりを続ける。

それを許しと受け取った私は、秘めやかに舌をすべり込ませていく。

異物の侵入を受けて、いやいやながらに広がっていく淫靡のとびら。

素直に開きはしないが、さほど頑強でもない中途半端な抵抗。

ごり押しにすべり込んでいく舌に接触する絡まり合った肉ヒダ。

最後の秘密であるバージンを守る、最初の秘密でもあるインナーラビアのかたまり。

中心部を的確に責められずに、サイドに流れていく舌先が探り当てる別の谷底。

二つのラビアに挟まれて、ひっそりと息づく陰唇間ミゾ。

舌を狭い谷底にすべらせると、舌先にかすかな異物感があった。

ふだんから手入れをしない部分にひっそりとこびりつくきらりの恥垢(スメグマ)だ。

探り当てられるのは恥ずかしすぎる神秘の恥垢。

どこを舐められているのかもわからないから、戸惑うだけの少女である。

舌先ですくい取った恥垢を喉に運ぶ。

きらりの秘所が作り出したものを我が体内に受け入れるうれしさ。

迷走神経の張り巡らされた陰唇間ミゾも、しつこく責め立てればよろこびを発生させるパーツかもしれないが、今はもっと直接的な刺激が必要だった。

中心に戻して、絡まり合った肉ヒダを幅広にした舌で押しつぶす。

他愛もなくひしゃげたインナーラビアが、真ん中から割れる。

舌が探り当てるさらに深い谷間は、愛の蜜でしとどに濡れそぼっている。

ぬめった谷は熱を帯びて火照っている。

舌のすべてにまとわりつく媚粘膜のヒダヒダ。

狭い範囲内に押し込められた複雑な機能とパーツ類。

発育途中の少女のプッシー。

体の真下で成熟しつつある生殖装置は、単純ではない深みでもって息づいている。

底知れない魅力を秘めた最深部だが、きらりを飽きさせないために離れる。

少女のクリトリスが過敏なのは実験済みだった。

少しだけ顔を離して、スリットが始まるあたりの両サイドを押す。

清楚な割れ目がぱっくりとオープンすると、インナーラビアの始まり部分が見える。

クシャクシャと薄肉が絡まり合ったところを、腹側に引き上げると、真珠母貝色をした淡肉の狭間から、可憐な宝石がせり出してきた。

きらりのクリトリスがそこにある。

少女の面影を反映したかのように、清楚で汚れを知らぬ存在だ。

小さな肉粒だが、限りなく美しくいやらしい。

性的よろこびの発生源にして、おすまし顔をした真珠。

私は静かにくちびるに含み、強く吸い上げていった。

「ひううっ」

たまらずに少女が声を洩らす。

吸い込んだ肉粒を舌で転がし、同時に顔を横に振る。

「あぁあーっ」

きらりが舞い上がるツボはわかっている。

息を吸ったり吐いたりすると、過敏なクリットがすぼめたくちびるを通過する。

ツルッとすべり込み、スルッと出ていくたびに快感が高まる。

生理用のショーツ越しにこすられても絶頂したくらいだから、ダイレクトに舐めしゃぶられ、吸い立てられたらたまらないはずだ。

少女はゲームのルールも忘れて、体をのけぞらせる。

浮いたお尻を支えると、おさない女性器の全体が持ち上がるかたちになった。

むっちりとした肉付きの、マシュマロプッシー。

淫靡に秘割れた谷間から咲き出る、可憐な肉真珠。

私はそこに激しくむしゃぶりつく。

きらりは背中を弓なりに反らしてあえぐ。

おいしいエキスが無尽蔵に湧き出てくるフェロモンの泉がある。

ロリータの体液を残らず飲み尽くす。

下腹部にパワーがみなぎり、欲棒がそそり立つ。

ズボンを突き破りそうだ。

こんなにギンギンに勃起するのは久しぶりだった。

とりあえずきらりを絶頂させることを最優先とする。

速いテンポで、クリットを出し入れする。

すぼめたくちびるを締めたり緩めたりするのといっしょに、息を強く吸い込んでいくと、可憐な肉粒がわずかにボリュームを増やして口中にすべり込んでくる。

顔を縦に振り、横に振る。

それでも吸い込んだ陰核を解放せずにいると、たまらずきらりが絶頂していった。

「あ、イク、ああー、イクゥー」

しなやかにのけぞったボディを、両手で捧げ持ち、愛撫のタッチを緩める。

荒い息づかいと下腹の上下動が示すエクスタシーの深さ。

両手で支えるお尻が徐々に重くなって、やがて少女の体が緊張から解き放たれる。

ふたたびむしゃぶりついた縦ミゾの全部をこすり立てる。

幅広にした舌を秘割れの中に深くすべり込ませ、会陰からクリトリスまでを一気に舐め上げ、逆方向に舐め下ろしていく。

何度かスリットのすべてを激しく舐めこすっておいて、肉真珠をすすり飲む。

きらりは小さく顔を揺さぶる陰核愛撫で舞い上がる。
「あ、イク、あーイクゥ」
あどけない少女が洩らす、エロチックなイキ声にそそられる。
発育途中の体で感じるアクメに翻弄されるおさな子。
少女の未熟な子宮をとろかしていく絶頂快感。
私は清純な少女の清らかなプッシーに吸いついて離れなかった。
硬直から弛緩したボディに加えられる強烈なプッシー嬲り。
それをしている自分にもどこをタッチしているのかわからない舌の乱舞。
体の真下のあらゆる場所を舐めこすっていく。
浅く深く、縦に横に、そして斜めにとロリータプッシーを切り裂いていく舌刀だった。
「あ、イク」
そう言ったなり、きらりは私の頭を摑んでのけぞった。
息が飲み込まれ、甘ったるい静寂の中で時も止まる。
心配になるほど長い呼吸停止のあとで、弓なりにのけぞった背中が落ちてくる。
三度目のプッシー愛撫をしようとする頭が少女に止められていた。

を察して言った。


「先生、ありがとう、もういいです」

股間の頭を邪険に突き放して起き上がった少女は、私があまりにも落胆しているのを察して言った。


「まだ、よばいゲームが終わっただけだから、がっかりしなくてもいいのよ」

少女の優しい言葉を聞いて、目の奥がツーンとしたが涙はこらえた。

どうも若い頃に比べて、涙腺が緩んでいるようだ。

それはそうと、まだ続きがあるのなら期待が持てそうだ。


「この前、胸をスベスベされたでしょ。あれが意外に気持ちよくて、準備したんだ」

手を引かれていった風呂場には、湯船がなかった。

シャワーノズルだけしかない風呂場には、一面にコンパクトサイズのスチロール畳が敷かれている。

おそらく前に入居していた誰かが、バスタブが古くなったので撤去したのだろう。

そのあとにきらり親子が入ったから、小さな畳を敷き並べて使っているらしい。

道理でベランダに畳が乾かしてあったはずだ。

湯船がないと同じバスルームでもかなり広いな、と感心している背後で少女がパジャマを脱いで裸になっていた。

「先生のも、脱がしてあげるね」

前に回った全裸少女が、シャツのボタンを一つずつ外してくれる。

私の顎にも届かない、おさなげな少女。

黒髪が細い肩に流れる。

背後に垂れた髪は肩甲骨に届き、前に流れた髪の毛先はおっぱいをくすぐる。

私はシャツを脱がされて、ズボンを脱がされるのを待つ。

ベルトを外すのに苦心した少女は、その作業を放棄する。

ズボンとパンツをいっしょくたに脱ぎ下ろすのを、少女が見つめている。

それがずり下がった途端に、こわばりがバネ仕掛けのように少女の顔面を狙う。

「男の人のおち×ちんて、いつでもボッキしてるのね」

それは大いなる誤解だが、そう思われても仕方のない無節操なペニスだった。

きらりの手には、いつの間にかローションのチューブがある。

少女の思惑がだいたいは読めたが、わざとわからないふりをする。

「これを体に塗って、こすりっこするのよ。気持ちよさそうじゃない」

それは気持ちいいに決まってる。なぜなら風俗業界で大金を払ってしてもらう過激なサービスだから。

そんな卑猥な行為を、おさない少女とやれるなんて信じられない気分だ。

「先に、塗ってあげるね」

少女の手からひったくるようにしてチューブを取ると、たっぷりと絞り出したローションをどこから塗りはじめるか迷った。

にやけた顔を見られたくないので、少女の体をくるりと回す。

おとなしく半回転したきらりの、輝くばかりに美しい後ろ姿。

意外と質量のあるお尻の丸みが魅力的だ。

肩から背中、お尻から足へとローションを塗っていく。

すべらかなうえに、潤滑剤の助けもあってなめらかさを増す少女の肌。

お尻の谷間にすべり込んでいった指は、拒絶されなかった。

残り少ないローションを、小生意気にふくらんでいる肛門に塗りたくる。

そこに指を入れたい。

小指をずっぷりと突き込んで、きらりの肛門括約筋の働きを確かめてみたい。

その欲求は強かったが、まだ前が残っていると考えて断念する。

あらかた後ろが塗り終えたのを知った少女は、自分から前を向いた。

後ろ姿も悩ましいが、前はまぶしいほどに妖艶さを漂わせている。

あらためてローションを絞り、両腕から塗布していく。

おとなしく立ちすくんで、されるがままになっている美少女。

ふんわりと空気を孕んでいる黒髪が、ローションにまみれた部分だけが白い肌にへばりついているのも蠱惑的だ。

ふたつの乳房が優しいカーブなりに、手のひらをすべっていく。

愛すべき寸胴に見えたウエストだが、実際にローションまみれの手で撫でさすってみると、やはり横腹がきゅっと細まっているのがわかる。

おへそから下腹へたどり着いた手は、そこで両側に分かれて足のほうに移る。

Y字を形作る足の付け根を回避した手が、太ももから向こう脛までローションを塗っていく。

ほぼ全身がローションまみれになると、今度は攻守が交替する。

手を伸ばして私の胸のあたりをこすっている途中で、少女の命令が下る。

「おち×ちんが邪魔だから、そこに正座をしなさい」

「はい」

きらりの前では抵抗なく卑屈にも従順にもなれる。

目と同じ高さにある清楚な縦ミゾ。

潤滑剤がまぶされていないので、本来の姿を見せる神秘の谷間を間近に見られた時間は短かった。

背後に回った少女のしなやかな手のひらが、私の背中をローションまみれにする。

背中の半分ほどしか塗布が終わっていないのに、少女は容器を置いていた。

脇の下から両手が伸びてくると同時に、背中にぴっちりと密着する少女の胸。

素敵な弾力の乳房が、強く押しつけられる心地よさがある。

おそらく扁平につぶれているだろうふたつのおっぱい。

背中にのしかかるふうに体を預けてくる少女が腰をくねらせると、圧着したままの背中を乳房がすべり動いていく。

「あー、これがいい気持ちなの」

少女の心地よさは私の心地よさだった。

ローションにギラつく体で男の背中に張りつき、腰を振っておっぱいをこすりつけているきらりの痴態は、異常なまでに卑猥さを漂わせているに違いなかった。

少女の指が、乳首をこねくり回している。

指の間をすべって逃げる乳首が、指に捕らわれて押しつぶされる。

そこは感じるパーツではないはずなのに、おさないきらりに弄られると敏感な肉粒へと昇華していった。

乳首を嬲られ、背中におっぱいを押しつけられている、たったそれだけの状況で、

私は激しく舞い上がっていった。

自分から少女と同じように動きたかった。

小学六年生の女の子のあらゆる部分と、自分の体とをこすり合わせたかった。

そんな気持ちを無視するかのように、私は肩を押されてその場にうつ伏せにされた。

前がつっかえているから腰高に寝そべった私に、少女が重なってくる。

重くもない体重が全部かかると、少女が完全に私の上に乗っていた。

ともすれば横にすべり落ちそうになるのを堪(こら)えて、体をくねらせている。

どこに何が当たっているのかも不分明なうちにあるくすぐったいよろこび。

初々しいロリータに体を使われるうれしさ。

自分からは動けない受け身の苦しさのなかに奉仕の感動がある。

横にすべり落ちたきらりにひっくり返されて、畳の上にあおむく。

ローションが直接垂らされて、足裏でこすり伸ばされる。

体重移動のせいで、少しだけ開いたスリットが丸見えになっている。

私を踏み潰しているきらりは、まぎれもなく女主人(ドミナ)だった。

こんなにもおさないのに、すでに嗜虐の女王だ。

小作りな足裏で肌をなぞられるのが、大きな快感なのは意外だった。

そんな傾向など自分にはないと思っていたが、きらりの足に踏み潰され、ローションをなすりつけられると恍惚感があった。

その可愛らしい足で、邪棒を踏んづけてください。

金玉を踏み潰し、肛門に指をぶち込んでください。

そんな過激な望みは叶えられなかった。

少女はローション塗りのために足を使ったのであって、それ以外の意味はなかった。

胸から膝あたりまで塗りたくると、少女が私のおなかにまたがっていた。

そしてプッシーを擦りつけるようにして、お尻を前後にスライドしはじめていた。

それは少女がイタズラでする範囲を逸脱した、過激で挑発的な騎乗位腰ふりだった。

性器同士は嵌合(かんごう)していないが、いやらしさはそれ以上だった。

ローションまみれであおむけになった男の上に、同じ液で体をヌメヌメにした少女がまたがっている。

おさない少女は膝で支えた体を、おおきく前と後ろに繰り返しすべらせている。

未成熟なプッシーが、その縦ミゾと同じ方向にスライドしていく。

あばら骨のあたりまですべり上がると、下腹までこすり下り、こわばりでお尻を突かれるとふたたびせり上がってくる。

そんな動きが何度もあって、きらりが次第に舞い上がっていく。

「おち×ちんの上に乗ってください」

私は堪えきれずに懇願する。

おなかだけでは充分に高まらないとわかった少女は、こわばりに覆い被さる。

油でぬめったクレバスが、ふだんより開き加減で茎裏にまとわりつく。

体を立たせていると的確な当たり具合にならないので、少女が上体を預けてくる。

首にすがりついたきらりのおでこが私の顎のあたりにあり、クリトリスがカリ首の裏側に圧着している。

私が動かずにいると、少女が小腰を使う。

きらりは数日の間に、腰のくねらせ方が上手になっている。

上体は揺れてもいないのに、クリトリス部分がごく狭い範囲を往復する。

包皮小帯の近くは、ナイーブな部分だからたまらない。

少女といっしょに快美感のうねりに呑み込まれるが、最前のクリトリス愛撫で何度も達していたきらりのほうが先に恍惚としていった。

「あー先生、またイキそうですー」
なんて愛くるしい女の子だろうか。
過敏なクリトリスだけで、またもやエクスタシーを迎えようとしている。
少女の腰に手を回して固定すると、下から小刻みに、しかも力強く突き上げる。
筒先にぽつんとしこり立った肉粒が感じ取れる。
さっきまで散々に愛撫しまくった、きらりの真珠玉だ。
見えない場所で、クリットとカリ首が戯れ合っている。
絡み合い、つぶし合い、そして食べ合っている。
そんなイメージの中で、きらりが絶頂していった。
「あ、イク」
短いあえぎのなかに、快美感の深さが表れていた。
頭だけがのけぞって、呼吸が止まっている。
スリットの一部が、ヒクヒクと収縮しているみたいだ。
半分包み込まれているペニスの裏側で、少女のすべてを感受する。
硬直していたボディに緩みが出る。

息が吐かれて、頭が落ちてくる。いつの間にかローションまみれになった黒髪が、すっかりボリュームを減らして頭の形を不確かになぞっている。

ふたたび下から突き上げる。

十秒ほどの激しいアタックで、たまらずにきらりが叫ぶ。

「あああー、イクイク、イクゥー」

きらりに絶頂感覚をプレゼントできていることがうれしい。

呼吸停止の間に少女のお尻を撫でる。

むっちりと肉の付いた、素敵なラインを描くヒップ。

どんな芸術品もかなわない、造形の妙。

少女の快感を損なわない程度の軽いタッチでも、その素晴らしさは充分わかる。

体の強ばりが解けたところで、三度目の突き上げに入る。

過敏さを増した体は、十秒も持たずに反応する。

「イッ……！」

アクメのうねりに翻弄されるきらりのクリットから、ペニスを外す。

肉ヒダをかき分けるようにして筒先をこすり上げていくと、花園の深い部分に吸引力を感じさせるすぼまりがある。

移動距離からしても、バージンホールであるのは間違いない。

指を添えなくても、石のように硬くなった欲棒は確実に獲物を狙っている。

少女はまだエクスタシーの世界をさ迷っている。

かまわないから犯してしまえと言う悪魔のささやきと、愛する少女を性のはけ口にしてはいけないとの天使の声が交錯する。

きらりごめんよ、私は弱い人間だ。

何の言い訳にもならないが、そうつぶやいた私は、背骨の湾曲を逆に戻していく。

鈴割れが隠れる程度に先端が沈み込む。

もう少し押すと、カリ首の半分くらいが少女の中に埋もれる。

ここまで抵抗が感じられないのは、ローションが膣孔の内部まで浸潤しているから。

私のおなかに跨がり乗って腰ふりをしたときに、奥まで入り込んだ潤滑液が、今は挿入の助けになっている。

少女の体奥から滲み出た愛蜜も混じっているかもしれないが、いずれにしてもきらりの処女孔は、ここまでのところ他愛もなく開いて異物を受け入れていた。

一番のネックは、ペニスの中ではもっとも太いカリ首の最後の部分だった。

そこさえ通過してしまえば、あとはややスリムな茎部となる。敏感なセンサーと化した亀頭が、きつさを計測する。

渋いほどの締まり具合だが、ローションによって摩擦レスになっているから、ゆっくりならば挿入が可能だとの答えが出る。

逃げないようにきらりの腰骨のあたりを捕まえると、少しばかり強く最後の突きを繰り出す。

ツヌッ。

秘やかに淫靡な音がして、はまり込んだ。

意外とすべらかにカリ首が狭き門を通ったが、その先がきつくなっている。

目をつぶったままで、少女が小さなうめき声を洩らす。

体の真下に感じる異物挿入の違和感が軽い反応を引き起こすが、少なくとも痛みを訴えるニュアンスは込められてはいない。

愛おしいきらりとひとつになると、私は思いがけずに大きな感動に打たれた。

少女とつながっているという性的なよろこびよりも大きくて深い感激があった。

異国少女やまみとファックしたときには感じたこともない根源的なよろこびが、きらりとの交接に限ってはあった。

ロリータを現実に犯しているとか、征服欲を充たしているとか、そんなレベルの嬉しさではなくて、もっと高次元の魂が震えるほどのよろこびがあった。

「せっくす、してるの」

いつの間にか目を開いたきらりが、私をのぞき込んでいた。

「ごめんね、痛い？」

「ううん、何か、挟まってる感じだけ」

少女が私を非難しないことが、かえって苦しかった。

ほとんど意識を失っている間に、勝手に挿入してしまったのだから、怒りを買っても仕方ない場面だった。

しばらく異物の感触を探っていた少女は、戸惑いながら告げた。

「つながってるとこ、見たい」

興味と怖さを半分ずつ含んだ言い方だった。

上半身を起こして接合部分をのぞき込もうとしたが、手足ともにローションまみれなので、そんな姿勢がとれなかった。

「一度、シャワーで流そうね」

おさなげな五体をローションまみれにしてのボディ洗いは満喫したので、もう潤滑油に用はなかった。

むしろ少女の肌本来のしっとりと吸いつくような感触を懐かしんだ私は、ふたりの体に均等にシャワーを浴びせていった。

敷かれた畳マットの上まで洗い流すと、少女が自由になっていた。

さっきと同じように四つん這いになっておなかをへこましたが、それでは角度的に挿入部分を見るのは難しかった。

「どうすれば、見える」

答える代わりに、少女を支えて膝立ちにさせる。

その腰をひねると、利発なきらりが私の意図するところを理解した。

浅い挿入を保ったまま、少女の膝が私の体をまたぎ越して逆向きになる。

ウエストを手前側に引き寄せると、少女が尻餅をつく。

私のおなかに座ったかたちで、きらりの背中が前倒しになっていく。

体の柔らかな少女は、濡れた髪を邪険に振り払って自分の股間をのぞき込む。

おそらくショックなのだろう、無言の時間が流れる。

少女ときつくつながっている部分を、当人に見られるのは不思議な感じだった。

亀頭だけ隠して露出した茎裏が、少女の視線で熱く炙られる。

私はふと、その状況を少女自身の言葉で聞きたいと思いつく。

「どんなふうになってるか、教えて」

すぐには実況中継が始まらないが、それはそうだろうと納得する。

小学六年生の女の子が、初めて男性器を受け入れている状態を、的確に表現するのは難しいに決まっている。

それでもわずかな逡巡のあとで、きらりが途切れがちに言葉を発してきた。

「私のヴァギナがいつもよりも開いて、中が見えていて、ヴァギナの中に先生のおち×ちんがはまってます」

少女の言葉を耳に心地よく聞いて、イメージをふくらませていく。

「筋が浮いてるおち×ちん」

なんといやらしい言い方。

「ちつが広がって、切れそう」

愛蜜まみれになってギラつくバージンホールが、ペニスで拡張されている。

「もうもう、いやらしすぎて見れません」

ありがとう、充分だよ。

あとはふたりいっしょに、最高のよろこびを極めるだけだ。

「後ろに、倒れておいで」
素直に背中を預けるきらり。
少女の体重を引き受けるうれしさがある。
その頭が左肩のほうに落ちて、濡れた黒髪が私の顔にもかかる。
少女の右手を股間に導いて、こわばりに添えさせる。
少しの時間を置いて、少女の指が挟みつけた肉茎をしごきはじめる。
私も手を伸ばして、きらりのクリットをさする。
指の腹がナイーブな真珠玉に当たると、少女の体が拒否反応めいた震えを起こした。
指でダイレクトにこするには、その肉粒は敏感すぎるのかもしれない。
周囲のヒダを集めて押し包み、間接的にこすると、そのタッチはよさそうだった。
「あー先生」
すぐに甘ったるい声が洩れる。
左手でおっぱいをまさぐる。
右手の先を細かく振動させて、過敏なクリトリスを包皮ごと震わせる。
可憐な乳首をつまむ。
感じるたびに止まりながらも、しなやかな指での変則マスターベーションが続く。

愛おしいきらりといっしょに高まっていくよろこび。
ロリータ愛の結実。
しとやかな肌に接するうれしさと、その体を全身で支えられるうれしさ。
細い指が何本も茎にまとわりついて、少女が手こきしてくれている。
物足りないタッチと、遅すぎるスピードだが、たまらなく気持ちがいい。
根こぶのあたりで急速に膨張していく甘美なうずき。
ロリータのおっぱい、ロリータのお尻、ロリータのおま×こ。
混乱を極める頭の中で、何かが弾けた。
「イ、ク」
きらりのほうが先に達する。
硬直しながらも痙攣するスリムな肢体。
体のひくつきと連動する、バージンホールの収縮がある。
浅い挿入でも感じ取れる、女体の神秘。
未成熟なプッシーがみせる、成人女性と同じ性反応。
発育途中の少女にめり込む、邪悪な欲棒。
短い休息時間を挟んで、クリトリス嬲りが再開されると、すぐに次の絶頂がきらりに襲いかかっていく。

「イ……！」

途中で消えてしまう言葉が物語るエクスタシーの深さ。

もう動いていない少女の手に代わって、自分でこわばりをしごき立てる。

カリ首が入り口に引っかかったかたちでの挿入を保ちながら、熱い血潮で充満した海綿体をゴリゴリとこすると、一気に快美感が高まっていく。

愛する少女とつながりながらの変則オナニーである。

ファックだが、少女の純潔を汚さない交わりだった。

身勝手な解釈のうちにも溢れそうに高まっていく快感のうねり。

このままでは、きらりの体内にスペルマが注ぎ込まれてしまう。

生育途中の子宮に、精子が達してしまう恐れがある。

小学生でも妊娠するのだろうか。

生理が終わったばかりだから大丈夫なのだろうか。

混乱する思いは、濃密な官能美の爆発と共に吹っ飛んでいった。

ビュクッ、ズピュピュッ、ドズピュッ。

恍惚のオブラートに包まれた快美感のかたまりが、きらりに襲いかかっていく。

太くなっては息継ぎをする肉棒から、何発も打ち出される邪念の火矢。

ペニスの収縮につられて、不随意に反応するロリータプッシー。

めくるめくよろこびのなかでつながる射精快感の連鎖。

おさない少女を犯す本質的なよろこびがある。

身も心も蕩けてしまいそうな高揚感。

手足の先まで甘く浸す陶酔感。

そして脳天に突き抜けていく恍惚感。

さしもの複合したよろこびも、やがて引いていったが、私はまだやり足りない思いでいっぱいだった。

体がまだ充分に成長していない少女を何度も犯すのは気が引けたが、腰骨のあたりに濃密にわだかまった情念が優しい心根を吹き飛ばしていた。

いくらやる気を充実させていても、ペニスは正直にしぼんでいく。

だらしなく軟化した肉ホースが、きつい処女孔から押し出されそうだ。

腰を押しつけるくらいでは間に合わない、絞り出し圧力に負ける。

ツプッ。

そんな音が聞こえた気がした。

つながりが解消された途端に、冷静さがよみがえってくる。
一度は汗ばんだ肌を冷たくしている少女を立たせて、適温の湯をかけてあげる。
されるがままのきらりをバスタオルで拭いて、パジャマの上だけを着せてあげる。
まだ甘ったれているので、横抱きにしてベッドに寝かせる。
首に回した手を離そうとしない少女と交わす、甘ったるいベーゼ。
舌を絡めた唾液の交換。
横様から被さっている私のおち×ちんが彼女の手でもてあそばれる。
硬くも太くもならないペニスに、かえって困惑する子供っぽいきらりだった。
素裸の私はバスルームに戻り、熱い湯を浴びる。
頭の中をぐるぐると駆け巡るのは、今し方まで体験していた激しい絡み合いだ。
理想的な黒髪媚少女と、ファックまでやってしまった充実感。
それと同時に感じる、猛烈な飢餓感もあった。
知らなければ飢えることもない、喉の渇きにも似た欲望。
素晴らしいロリータの神髄に触れてしまったからこその、苦しいまでの願望。
私はシャツを着ただけの姿で、少女の部屋に戻った。
少女はベッドの端に身を寄せていたが、それでもスペースは十分ではなかった。

ずいぶん以前に買ったらしい女の子用ベッドは、きらりの成長で小さくなっていた。

そんな私の困惑を、少女が救ってくれた。

「ベッドが小っさいから、先生は私と逆向きに寝るのよ」

少女の足のほうに頭をやって寝ると、それなりに具合がよかった。

足の先がベッドから突き抜けているが、横幅にはゆとりが感じられた。

目の前にある小作りな足と足指が、妙に気にかかっていると、きらりが言った。

「先生、してあげましょうか」

「なにをさ?」

「うふっ、いま先生が、一番してほしいこと」

もはや言葉は不要だった。

体をずり下げていくと、私の頭が魅惑の縦ミゾまでいく前に、肉ホースが少女のくちびるの前にまで達していた。

「うふっ、ちっちゃいままで可愛いね」

きらりが洩らすどんなひどい言葉でも、私にとっては極上の甘露だった。

むしろサド的な言辞を浴びるのは、無上のよろこびでもあった。

萎えたペニスが摘ままれる。

少女の熱い鼻息が筒先に吹きかかる。

肉柱があちこちに向けられるのは、少女が観察しているかららしい。きらりにペニスを見られているのが、すごくうれしい。

自慢するような巨根ではないが、それくらいがちょうどロリータサイズだ。それに自分でいうのも変だが、私のものはあまり汚らしくはない。あまり黒ずんでもいないし、亀頭(グランス)なぞはきれいなピンク色だ。

それにしても、ためつすがめつするのはそのくらいで切り上げてほしい。少女のオーラルはどんなだろうか。

清楚(せいそ)なきらりの、清潔な口の中に吸い込まれる邪棒。

美しいものと、邪悪なものの取り合わせ。

腰をせり出していくと、鈴割れに軽くて優しい接触があり、触れ合う部分が次第に多くなって、やがて筒の半分ほどが生温かいオーラルに包み込まれていた。

初めて本格的にしてもらうきらりの口唇愛撫は、猛烈な心地よさだった。

まだふにゃりとしたままのペニスだけれど、過敏なセンサーは働いている。

ふたたびの目覚めまでは、時間の問題だった。

私もまたきらりの片足を頭に乗せて、静かに少女の体の真下にキスしていく。

くちびるを縦に走る淫靡なくぼみと、尻谷の奥に秘やかに息づくアヌス。首を伸ばしていくと、舌が神秘のすぼまりを捉える。

下半身だけ露出させた少女と初老男の奇妙なシックスナイン。ぷっくりと控えめに盛り上がった肛門のおいしさに触発される勃起中枢。おち×ちんを含み、アヌスを味わうふたり。

三十数年前の梨花子の呪縛から解き放たれた私は、舌をドリルのように丸めて、黒髪媚少女のすぼまりに突っ込んでいくのだった。

◎本作品の内容はフィクションであり、登場する個人名や団体名は実在のものとは一切関係ありません。

●新人作品**大募集**●

マドンナメイト編集部では、意欲あふれる新人作品を常時募集しております。採用された作品は、本人通知のうえ当文庫より出版されることになります。

【応募要項】 未発表作品に限る。四〇〇字詰原稿用紙換算で三〇〇枚以上四〇〇枚以内。必ず梗概をお書き添えのうえ、名前・住所・電話番号を明記してお送り下さい。なお、採否にかかわらず原稿は返却いたしません。また、電話でのお問い合せはご遠慮下さい。

【送 付 先】 〒一〇一‐八四〇五 東京都千代田区神田三崎町二‐一八‐一一 マドンナ社編集部 新人作品募集係

黒髪の媚少女

二〇二一 年 十二 月 十 日 初版発行

著者●吉野純雄【よしの・すみお】

発行●マドンナ社
発売●二見書房 東京都千代田区神田三崎町二‐一八‐一一
電話 〇三‐三五一五‐二三一一（代表）
郵便振替 〇〇一七〇‐四‐二六三九

印刷●株式会社堀内印刷所 製本●株式会社村上製本所 落丁・乱丁本はお取替えいたします。定価は、カバーに表示してあります。

ISBN978-4-576-21181-7 ●Printed in Japan ●©S.Yoshino 2021

マドンナメイトが楽しめる！ マドンナ社**電子出版**（インターネット）……………https://madonna.futami.co.jp/

Madonna Mate

オトナの文庫マドンナメイト

電子書籍も配信中!!
詳しくはマドンナメイトHP
http://madonna.futami.co.jp

少女中毒【父×娘】禁断の姦係
殿井穂太／思春期の娘の肉体には亡き妻と同じ痴女の血が

教え子 甘美な地獄
殿井穂太／高校教師は美少女と禁断の共同生活を…

保健の先生がこんなにエッチでいいの?
星名ヒカリ／下着を盗む現場を保健教諭に目撃され…

美少女変態怪事件
柚木郁人／秘部の異変に苦悩と快楽を味わう少女に…

アイドル姉と女優姉 いきなり秘蜜生活
綾野 馨／母と暮らすことになり姉の存在を知り…

ときめき文化祭 ガチでヤリまくりの学園性活
露峰 翠／童貞少年は秀才の上級生とアイドル下級生に…

なまいきプリンセス 姪っ子とのトキメキ同居生活
綿引 海／姉夫婦が留守中、姪っ子を預かることに…

美少女コレクター 狙われた幼乳
高村マルス／美少女は発育途上の恥体を悪徳教師に…

狙われた幼蕾 背徳の処女淫姦
高村マルス／純真だが早熟な美少女は男の歪んだ性欲に

幼肉審査 美少女の桃尻
高村マルス／少女は好色な演出家から鬼畜の指導を…

半熟美少女 可憐な妹のつぼみ
高村マルス／発育途上の妹の魅力に抗えなくなって……

いけにえ 危険な露出願望
高村マルス／大学生の茂は美少女の露出願望に気づき…

Madonna Mate

オトナの文庫マドンナメイト

電子書籍も配信中!!
詳しくはマドンナメイトＨＰ
http://madonna.futami.co.jp

青い瞳の美少女 禁断の逆転服従人生
諸積直人／憧れの美少女と再会し滾る欲望を抑えられず

双子の小さな女王様 禁断のプチＳＭ遊戯
諸積直人／双子の美少女たちは大人の男を辱め…

隣のおませな少女 ひと夏の冒険
諸積直人／再会した隣家の少女はおませになっていて…

おねだり居候日記 僕と義妹と美少女と
哀澤 渚／マンションに嫁の妹が居候することになり…

処女の秘蜜 僕のモテ期襲来！
辻堂めぐる／目覚めると少年と入れ替わっていた中年男は…

転生美少女 美術室の秘密
辻堂めぐる／教師の前に失った恋人を思わせる美少女が…

処女の甘い匂い 僕のハーレム黄金時代
辻堂めぐる／タイムスリップした中年男が美少女たちと…

氷上の天使 悦虐の美姉妹強制合宿
羽村優希／フィギュアスケートのコーチは姉妹に邪悪な目を

【完堕ち】アイドル養成学校処女科
羽村優希／美少女たちは無垢なカラダを弄ばれ…

美少女の生下着 バドミントン部の天使
羽村優希／バドミントン部顧問の教師は新入生を狙い…

倒錯の淫夢 あるいは黒い誘惑
北原童夢／異常性愛に憑かれた男たちは……

隻脚の天使 あるいは異形の美
北原童夢／著者の問題作にして金字塔の完全復刻！

Madonna Mate

オトナの文庫 マドンナメイト

ハーレム・ハウス 熟女家政婦と美少女と僕
綾野 馨／家政婦とその娘が信じられないくらいエッチで…

ときめき文化祭 ガチでヤリまくりの学園性活
露峰 翠／童貞少年は秀才の上級生とアイドル下級生に…

奴隷花嫁 座敷牢の終身調教
佐伯香也子／伯爵令嬢が嫁いだ素封家は嗜虐者で…

秘儀調教 生け贄の見習い巫女
佐伯香也子／修業に身を捧げた処女は性儀の果てに…

流転処女 時を超えた初体験
伊吹泰郎／新米教師の前に初恋相手が変わらぬ姿で現れ…

嫐りごっこ 闇のいじめっ娘クラブ
霧野なぐも／男子を虐めるサークルの噂を聞きつけ…

電子書籍も配信中!!
詳しくはマドンナメイトHP
http://madonna.futami.co.jp

三年C組 今からキミたちは僕の性奴隷です
桐島寿人／化学教師の仁科は生徒たちを監禁したあげく……

美少女たちのエッチな好奇心 大人のカラダいじり
浦路直彦／無垢な美少女たちは大人の男の体に興味津々で…

妻、処女になる タイムスリップ・ハーレム
浦路直彦／目が覚めると心は中年のまま身体は小学生に…

小悪魔少女とボクッ娘 おませな好奇心
浦路直彦／思春期の少女を預かることになった僕は…

美少女ももいろ遊戯 闇の処女膜オークション
美里ユウキ／盗撮動画にクラスの美少女が…

ねらわれた女学園 地獄の生贄処女
美里ユウキ／雪菜は憧れの女教師の驚愕の光景を…

Madonna Mate